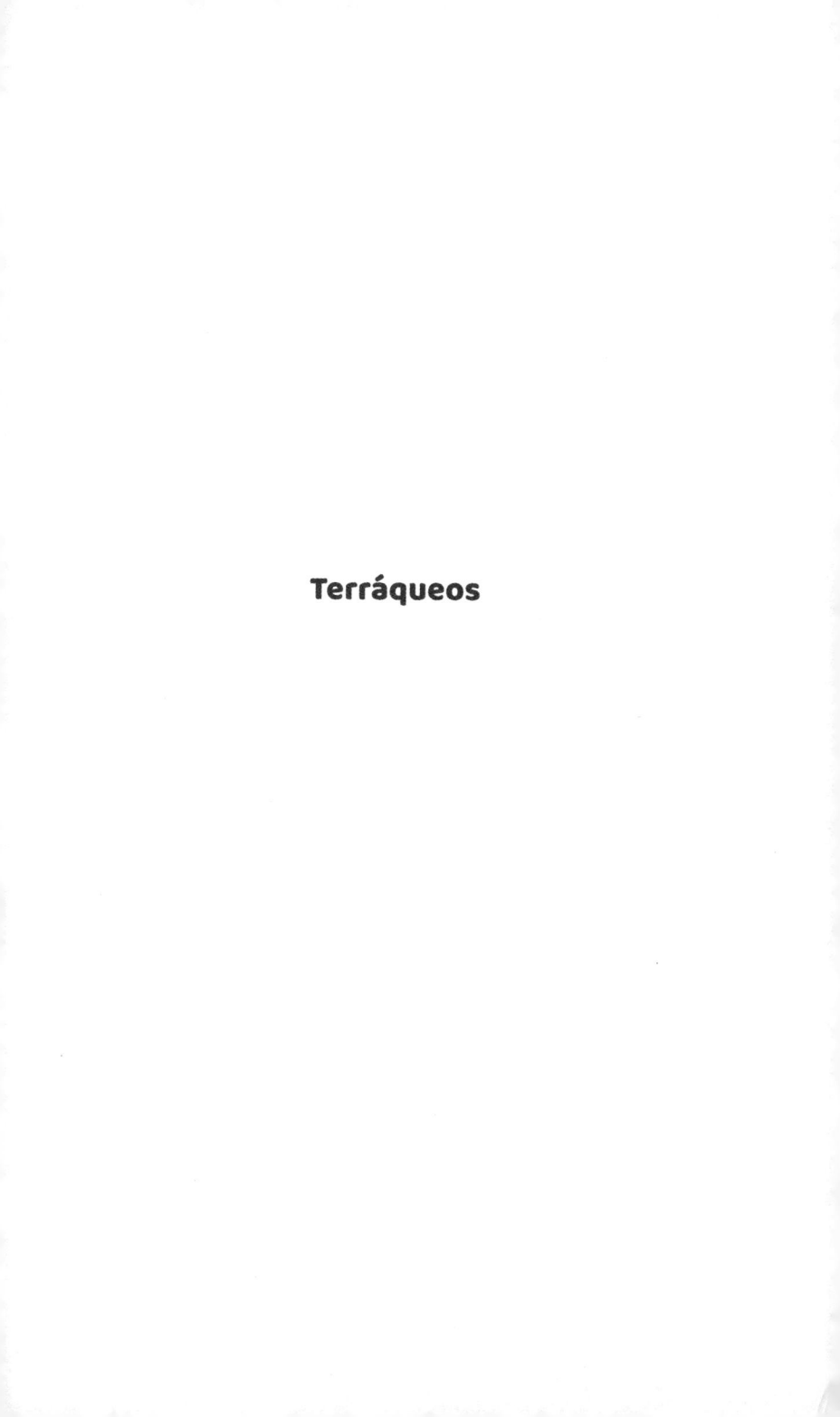

Terráqueos

Sayaka Murata

Terráqueos

Tradução do japonês
Rita Kohl

2ª edição

Estação Liberdade

Título original: *Chikyu seijin* (地球星人)

© Sayaka Murata, 2018
© Editora Estação Liberdade, 2021, para esta tradução
Direitos para a tradução em português acordados com a Shinchosha Publishing Co., Ltd., através da Japan Uni Agency, Inc., Tóquio

Preparação Thaisa Burani
Revisão Huendel Viana
Editora assistente Caroline Fernandes
Supervisão editorial Letícia Howes
Edição de arte e capa Miguel Simon
Editor Angel Bojadsen

CIP-BRASIL. CATALOGAÇÃO NA PUBLICAÇÃO
SINDICATO NACIONAL DOS EDITORES DE LIVROS, RJ

M947t

    Murata, Sayaka, 1979-
        Terráqueos / Sayaka Murata ; tradução Rita Kohl. - 1. ed. - São Paulo : Estação Liberdade, 2021.
    288 p. ; 21 cm.

    Tradução de: Chikyu seijin
    ISBN 978-65-86068-24-5

    1. Ficção japonesa. I. Kohl, Rita. II. Título.

21-69352   CDD: 895.63
                                            CDU: 82-3(52)

Meri Gleice Rodrigues de Souza - Bibliotecária - CRB-7/6439

15/02/2021   18/02/2021

Todos os direitos reservados à Editora Estação Liberdade. Nenhuma parte da obra pode ser reproduzida, adaptada, multiplicada ou divulgada de nenhuma forma (em particular por meios de reprografia ou processos digitais) sem autorização expressa da editora, e em virtude da legislação em vigor.

Esta publicação segue as normas do Acordo Ortográfico da Língua Portuguesa, Decreto nº 6.583, de 29 de setembro de 2008.

Editora Estação Liberdade Ltda.
Rua Dona Elisa, 116 | Barra Funda
01155-030 São Paulo – SP | Tel.: (11) 3660 3180
www.estacaoliberdade.com.br

地球星人

1

Nas montanhas de Akishina, onde fica a casa do vovô e da vovó, alguns pedaços da noite não somem nunca, mesmo durante o dia.

Enquanto o carro subia pelas curvas fechadas da estrada muito íngreme, eu via as árvores se agitando do lado de fora da janela e observava a parte debaixo das folhas na ponta dos galhos, tão carregados que pareciam prestes a arrebentar. Era ali que se escondia a escuridão perfeitamente negra. Eu sempre sentia vontade de esticar o braço e tocar essas trevas da cor do espaço sideral.

A meu lado, minha mãe afagava as costas de minha irmã mais velha.

— Tudo bem, Kise? Você sempre enjoa quando tem muita curva, e essa estrada aqui de Nagano é terrível…

Meu pai dirigia em silêncio. Fazia as curvas bem devagar, evitando balançar o carro, e ficava observando o estado de minha irmã pelo retrovisor.

Eu já estava no quinto ano do fundamental, tinha onze anos, sabia me cuidar sozinha. A melhor coisa para não enjoar no carro é olhar, do lado de fora da janela, para os fragmentos de espaço sideral. Eu descobri isso quando estava no segundo ano e, desde então, nunca mais enjoei nas estradas acidentadas de Nagano. Minha irmã, dois anos mais velha do que eu, ainda era muito criança e, sem a mão materna afagando suas costas, não suportaria essa viagem.

A estrada subia e subia, em curvas fechadas, os ouvidos apitavam, e dava para sentir que a gente estava cada vez mais perto do céu. A casa de minha vó ficava muito próxima do universo.

Dentro da mochila que eu levava apertada contra o peito estavam minha varinha mágica de origami e o espelho mágico transformador. E, por cima de tudo, sentava-se Piyut, meu fiel companheiro, que foi quem me deu esses objetos mágicos. Piyut foi enfeitiçado por uma organização do mal e por isso não falava língua de gente, mas ele cuidava de mim e me ajudava a não enjoar no carro.

Minha família não sabia, mas eu era uma menina mágica. Encontrei Piyut no supermercado em frente à estação quando eu tinha seis anos e frequentava o primeiro ano da escola. Ele estava abandonado num canto da prateleira de bichos de pelúcia. Eu o comprei com o dinheiro que havia ganhado dos meus parentes no fim do ano. Quando chegamos em casa, ele anunciou que eu deveria me tornar uma menina mágica e me deu os objetos mágicos. Piyut era do planeta Powapipinpobopia. Ele tinha sido enviado para a Terra pela Polícia Mágica porque nosso planeta estava correndo perigo. Desde então, eu usava minha magia para proteger a Terra.

A única pessoa que sabia desse segredo era meu primo Yuu. Eu estava com muita saudade dele. Fazia um ano que eu não escutava sua voz, desde o Obon[1] do ano anterior. Todos os anos, nós só nos víamos nesse feriado.

Eu estava usando minha camiseta preferida, anil com estampa de estrelas, que eu tinha comprado com o dinheiro do Ano-Novo anterior e guardado no armário com etiqueta e tudo, para usar só naquele dia.

— Segurem firme — disse meu pai, em voz baixa. Estávamos entrando na maior curva de todas. O carro deu uma guinada, minha irmã soltou um grunhido e cobriu a boca com as mãos.

— Abra a janela para entrar um vento — disse minha mãe.

Meu pai obedeceu imediatamente, e o vidro da janela desceu diante de meus olhos. O vento morno acariciou meu rosto e o cheiro de mato inundou o interior do carro.

— Tudo bem, Kise? Tudo bem?

A voz chorosa de minha mãe ecoava dentro do automóvel. Sem dizer nada, meu pai desligou o ar-condicionado.

---

1. Festival japonês de origem budista durante o qual se acredita que os antepassados retornam para este mundo para visitar suas famílias. Costuma ser celebrado entre os dias 13 e 15 de agosto, embora as datas, assim como os costumes e as cerimônias realizadas, variem entre as regiões do país. No primeiro dia do festival, uma chama é acesa para guiar os espíritos de volta às casas, numa cerimônia chamada de Mukaebi. Outros costumes são preparar um altar dentro de casa com oferendas para os antepassados e visitar seus túmulos para limpá-los e enfeitá-los. [N.T.]

— A próxima curva é a última — disse ele.

Instintivamente, agarrei a frente da minha camiseta. Senti, por baixo do sutiã, um volume que não existia um ano antes. Será que eu tinha mudado muito desde o ano anterior? O que será que Yuu, que tinha a mesma idade que eu, ia pensar ao me ver?

Estávamos quase chegando na casa da vovó, onde meu namorado esperava por mim. Um calor impaciente se espalhou pela minha pele e eu me debrucei para sentir o vento.

Meu primo Yuu era meu namorado.

Não sei quando comecei a sentir isso por ele. Mesmo antes de sermos namorados, eu já gostava dele. Todos os verões nós passávamos o Obon juntos, e mesmo depois que o feriado acabava e Yuu voltava para Yamagata e eu para Chiba, sua presença não diminuía dentro de mim. Era como uma sombra que ia ficando mais e mais densa em minha memória, até que, quando eu já não aguentava mais, o verão chegava de novo.

Eu estava no terceiro ano da escola quando nós começamos oficialmente a namorar. Nesse dia, meus tios tinham feito uma barreira de pedras no riacho que corre diante do arrozal, criando um laguinho até a altura do joelho onde eu e meus primos estávamos todos de maiô, brincando.

— Ah!

Fui derrubada pela correnteza e caí sentada dentro da água.

— Cuidado, Natsuki! No centro do rio a correnteza é mais forte — disse Yuu, com a expressão séria, dando-me a mão.

Eu também tinha aprendido isso na escola, mas não imaginava que acontecesse até num riozinho daquele tamanho.

— Cansei dessa água! Vou brincar lá fora.

Saí para a margem, peguei a bolsinha que tinha apoiado cuidadosamente sobre uma pedra e calcei os chinelos de borracha. Subi direto pela escada ao lado do rio e segui em direção à casa, ainda de maiô. A bolsa estava quente como uma criatura viva, por causa do sol. Enquanto caminhava de chinelos ao longo do arrozal, ouvi passos e percebi que Yuu tentava me alcançar.

— Espere, Natsuki.

— Não enche! — respondi, descontando nele minha irritação.

De repente, Yuu estendeu a mão para o mato, arrancou uma plantinha e a enfiou na boca. Eu fiquei chocada:

— Yuu! Não pode comer mato! Você vai ficar com dor de barriga.

— Tudo bem, isso aqui é azedinha, é uma planta comestível! O tio Teruyoshi me ensinou.

Yuu me passou uma folha que eu levei à boca, desconfiada.

— Nossa, é azedo!

— É, mas é gostoso!
— Onde você pegou?
— Aqui, ó, tem bastante.

Nós andamos por toda a encosta atrás da casa colhendo folhas de azedinha, depois nos sentamos lado a lado para comê-las.

O maiô molhado era desconfortável, mas as folhas de azedinha estavam gostosas. Mais bem-humorada, eu disse:

— Vou te contar um segredo, em troca de você ter me ensinado uma coisa nova.

— Um segredo?

— Então, é que na verdade eu tenho poderes mágicos. Tenho um espelho para me transformar e uma varinha mágica.

— Que tipo de mágica você faz?

— Ah, várias! As melhores são os feitiços para derrotar os inimigos.

— Que inimigos?

— Bem, acho que as pessoas comuns não conseguem ver, mas o mundo é cheio de inimigos. Bruxas do mal, monstros, esse tipo de coisa. Eu preciso lutar contra eles o tempo todo, para proteger a Terra.

Peguei Piyut de dentro da bolsa que eu trazia atravessada por cima do maiô e o mostrei a Yuu. Expliquei que, à primeira vista, Piyut parecia apenas um ouriço-terrestre de pelúcia branco, mas que na verdade ele era um emissário enviado pela Polícia Mágica do planeta

Powapipinpobopia, e que tinha sido ele quem me dera a varinha, o espelho transformador e os poderes mágicos.

— Que incrível, Natsuki! — disse Yuu, com o semblante sério. — Então a gente só vive assim, em paz, porque você está protegendo a Terra?

— Isso mesmo.

— Escuta, e esse planeta Powapi-não-sei-quê, como é lá?

— Eu não sei muita coisa sobre ele. Piyut disse que não podia me contar por uma questão de *confidencialidade*.

— Ah, entendi...

Achei curioso Yuu ter ficado mais interessado pelo planeta do que pela mágica, e examinei seu rosto:

— Por que você queria saber?

— Nada, é só que... Olha, vou te contar, mas não fale pra ninguém, tá? É que talvez eu seja um extraterrestre.

— Quê?! — exclamei, chocada.

— Mitsuko sempre diz isso — continuou Yuu, sério. — Ela fala que eu sou de outro planeta. Que uma nave espacial me abandonou aqui nas montanhas de Akishina e ela me encontrou.

— É mesmo?!

Mitsuko era a mãe de Yuu. Pensei nessa minha tia, irmã mais nova de meu pai, uma mulher bonita. Ela era tímida e quieta como Yuu, não parecia ser do tipo de pessoa que mentiria ou falaria uma coisa dessas de brincadeira.

— E, também, eu encontrei dentro da minha gaveta uma pedra que eu não lembro de ter pegado em lugar nenhum. É bem preta, achatada e lisinha, um tipo de pedra que eu nunca vi. Acho que pode ser do meu planeta natal...

— Que demais! Então, eu sou mágica e você é um extraterrestre.

— Bom, mas eu não tenho provas concretas, como você...

— Ah, mas tenho certeza de que você é extraterrestre mesmo. Será que seu planeta natal não é Powapipinpobopia? Seria tão legal! Aí você seria do mesmo planeta que Piyut!

— Será? Se for, eu queria voltar para lá, algum dia.

Levei um susto tão grande que quase derrubei o espelhinho que tinha nas mãos.

— ... voltar?

— Todo ano, quando eu venho passar o Obon aqui, saio escondido para procurar a nave espacial. Mas nunca a encontrei... Você não pode pedir ajuda para Piyut? Pergunte a ele se não podem vir me buscar.

— Ah, não, o Piyut não consegue fazer esse tipo de coisa! — falei, quase chorando. Não conseguia imaginar minha vida sem Yuu. — Então um dia você vai embora?

— Talvez eu vá. Acho que pra Mitsuko também seria melhor assim. Afinal, eu não sou filho dela de verdade, sou só um extraterrestre abandonado.

Eu desandei em prantos. Yuu afagou minhas costas, dizendo ansioso:

— Não chore, Natsuki!

— Eu gosto de você. Não quero que você vá embora!

— Mas eu acho que uma hora alguém deve vir me buscar. Estou esperando há um tempão...

Suas palavras me fizeram chorar mais ainda.

— Desculpe falar essas coisas, Natsuki... Enquanto eu estiver aqui na Terra, faço o que você quiser. Eu sempre me sinto mais tranquilo aqui na casa da vovó. Acho que é porque aqui eu fico mais perto do meu planeta natal, mas também por estar junto com você.

— Mesmo?... Então eu queria que você fosse meu namorado. Pode ser só até você voltar pro seu planeta.

— Tá bom. — Yuu acatou meu pedido num instante.

— É? De verdade?

— É. Eu também gosto de você.

Nós entrelaçamos os mindinhos e nos prometemos três coisas:

1. Não contar para ninguém que eu tinha poderes mágicos.

2. Não contar para ninguém que Yuu era um extraterrestre.

3. Mesmo depois do verão, não começar a gostar de outra pessoa. Voltar para Nagano no próximo Obon, para nos encontrarmos, sem falta.

Tínhamos acabado de fazer essa promessa quando ouvimos passos se aproximando. Eu escondi Piyut e o espelho às pressas dentro da bolsa. Era o tio Teruyoshi.

— Ah, vocês estão aqui! Achei que tinham sido carregados pelo rio!

O tio Teruyoshi estava sempre bem-humorado e brincava muito com as crianças.

— Desculpe — dissemos.

O tio deu risada e afagou nossas cabeças.

— Ah, vocês estão comendo azedinha! Você gostou, Natsuki? É bem azeda, mas é gostosa, não é?

— É!

— Se você já gosta de azedinha, é uma verdadeira mulher das montanhas! Vamos lá, a vovó cortou pêssegos para todo mundo e está chamando.

— Eba!

Nós voltamos para casa, atrás dele.

Eu ainda podia sentir onde o dedo de Yuu tinha encostado em meu mindinho. Fui correndo até a porta, tentando esconder meu rosto que ardia. Yuu também caminhava apressado, de cabeça baixa.

A partir desse dia, eu e Yuu nos tornamos namorados. Eu, uma menina mágica, tinha um namorado extraterrestre. Pelo menos até ele voltar para seu planeta.

O hall de entrada da casa da vovó era enorme, do tamanho do meu quarto. Eu sempre ficava um pouco desorientada ao entrar ali.

— Ó de casa! — gritou minha mãe, enquanto meu pai continuava quieto.

A casa tinha cheiro de frutas, uma mistura de pêssego e uvas, além de um leve odor de animais. Os vizinhos criavam vacas, mas a casa deles ficava muito longe, então talvez esse cheiro viesse de nós mesmos, os humanos.

— Oh, bem-vindos! Passaram muito calor?

A porta *shoji*[2] se abriu e uma mulher de certa idade, provavelmente uma tia, nos recebeu. Eu não tinha certeza se a conhecia ou não. Como a gente só visitava aquela casa uma vez por ano, no Obon, eu nunca conseguia decorar quem eram todos os adultos.

— Kise, Natsuki, como vocês estão grandes!

— Ah, puxa, não precisava ter trazido nada!

— Natsuko deu um mau jeito nas costas e não vai poder vir este ano…

Minha mãe foi cumprimentando, uma por uma, as várias mulheres de meia-idade vagamente familiares, que falavam todas ao mesmo tempo. Eu sabia que aquilo ia demorar bastante e disfarcei um suspiro. Todas trocavam mesuras, ajoelhadas, com as cabeças quase tocando o chão.

O vovô e a vovó apareceram de dentro da casa, apoiados em um homem de meia-idade.

— Obrigada por virem até aqui! — disse minha avó, curvando a cabeça para minha mãe.

Meu avô olhou para mim, estreitou os olhos em um sorriso e exclamou:

---

2. Painéis ou portas de correr estruturados em madeira e recobertos com papel translúcido. [N.T.]

— Como você cresceu, Misako!

— Vovô!! Essa é Natsuki — exclamou uma tia, dando tapinhas em suas costas.

— Oi, gente! Vocês demoraram, hein? Pegaram trânsito? — perguntou o tio Teruyoshi a meu pai, animado.

Do tio Teruyoshi eu me lembrava bem, porque ele sempre conversava bastante com as crianças.

— Ei, meninos, Kise e Natsuki chegaram!

Obedecendo ao chamado, três meninos se aproximaram, sem jeito. Eram os três filhos de Teruyoshi, meus primos. Estavam sempre aprontando alguma e todos os anos levavam bronca dos adultos. O mais velho, Yota, era dois anos mais novo que eu e devia estar no terceiro ano da escola.

Os primos nos olharam como animais ariscos. Eu reconheci os três, mas estavam um pouco diferentes das imagens que tinha na memória. Sabia que eram meus primos, mas seus elementos faciais pareciam ter se espalhado pelos rostos, os narizes estavam maiores, seus corpos tinham outras proporções.

Eu nunca me esquecia de meu namorado Yuu, é claro, mas sempre ficava um pouco desorientada ao reencontrar todos os meus primos e seus filhos. Nós passávamos as férias de verão juntos, nos divertindo bastante, mas, depois de um ano inteiro, já havia se criado certa distância quando nos reencontrávamos.

— Vamos, não fiquem sem jeito só porque elas ficaram mais bonitas!

Os comentários dos adultos só pioravam a situação, fazendo Yota e seus irmãos recuarem ainda mais, constrangidos.

Eu os cumprimentei e eles responderam com um oi arrastado e tímido.

— Yuu já chegou! Ele estava chateado, perguntando por você a toda hora.

Quando tio Teruyoshi disse isso, minhas costas se agitaram sob a mochila. Disfarcei e respondi fingindo desinteresse:

— Ah, é? Onde ele está?

— Hum, não sei... Até agora há pouco estava fazendo lição de casa ali no canto.

— Ele não está no sótão? Yuu adora aquele sótão.

Quem disse isso foi Saki, uma prima bem mais velha do que eu. Ela era alta e tinha um bebê nos braços. Saki era a mais velha das três filhas da tia Ritsuko, que era a primogênita entre os irmãos de meu pai. Todas as suas filhas já estavam casadas.

Era a primeira vez que eu via aquele bebê. Era estranhíssimo pensar que essa pessoa não existia até um ano antes e agora havia surgido daquele jeito. A menina agarrada às pernas da Saki devia ser Miwa, que no ano anterior era um bebê.

Se já era difícil decorar quem eram os primos de idade próxima da minha, dos filhos desses primos eu praticamente não tinha nenhum registro. Todo ano, precisava aprender tudo de novo. Eu só imitava minha mãe e curvava a cabeça para cada nova pessoa que aparecia.

— Ué, cadê Mitsuko?

— Lá na cozinha!

— E Yuu, onde se meteu? Ele ficou o dia inteiro perguntando por Natsuki... Será que cansou de esperar e foi tirar um cochilo? — perguntou tia Ritsuko.

Tio Teruyoshi deu risada:

— Yuu sempre fica grudado com Natsuki!

Eles deviam falar a mesma coisa todos os anos. Mas, agora que nós éramos namorados, o assunto me deixava constrangida. Fiquei fitando o chão, em silêncio.

— Verdade, quando estão juntos esses dois parecem gêmeos — disse outra tia.

Todo mundo dizia que eu não me parecia com minha irmã nem com meus pais, mas que era igualzinha a Yuu.

— Ei, não fiquem aí parados na entrada! Kise e Natsuki, vocês devem estar cansadas, né? Entrem logo! — disse uma tia gorducha da qual eu não tinha nenhuma memória, batendo palmas.

— É, vamos lá — assentiu meu pai.

— Deixem suas coisas lá em cima. Pode ser no quarto do fundo. Os Yamagatas vão ficar no da frente. Esse do fundo os Fukuokas estão usando, mas vai ser só por uma noite, vocês podem ficar juntos, né?

— Claro, claro. Obrigado — respondeu meu pai, descalçando os sapatos para entrar. Eu me apressei atrás dele.

Na casa da vovó, as pessoas se referiam às várias famílias pelo nome das províncias onde cada uma morava. Esse era mais um motivo pelo qual eu não conseguia decorar quem eram todos aqueles homens e mulheres. Por que não usavam os nomes de verdade? Certamente todos eles tinham algum.

— Kise, Natsuki, primeiro temos de cumprimentar os antepassados!

Eu e minha irmã obedecemos e fomos para a sala onde ficava o altar familiar *butsudan*. Eu e Yuu chamávamos esse cômodo de "sala do altar". Ele ficava entre a sala de estar e a cozinha. Na casa da vovó só tinha um corredor, que levava ao banheiro. Os outros seis cômodos do térreo — incluindo a sala de estar, as duas salas principais e a cozinha — eram todos conectados por portas de correr de madeira, os *fusuma*. A sala do altar não era grande, tinha seis tatames, mais ou menos do tamanho do meu quarto no novo bairro residencial onde vivíamos em Chiba. Yota a chamava de "sala dos fantasmas" para assustar seus irmãos, mas eu me sentia muito tranquila lá dentro. Talvez porque sentisse que os meus antepassados estavam olhando por mim.

Meus pais acenderam um incenso cada um, depois eu e Kise fizemos o mesmo. Na nossa casa em Chiba não tinha um altar assim, eu também nunca tinha visto nenhum nas casas dos meus amigos. Era só naquela casa, ou em templos, que eu sentia o perfume de incensos. Eu gostava daquele cheiro.

— Ei, Kise, você está bem?

Depois de acender o incenso, minha irmã ficou encolhida, de cabeça baixa.

— Nossa, o que aconteceu com ela?
— Parece que enjoou na estrada.
— Puxa vida!
— Quando a criança não está acostumada com essas curvas...

As tias deram risada. Devia ter uma ou duas primas entre as mulheres de meia-idade que escondiam a boca com a mão e riam sacudindo o corpo. Eu tinha mais de dez primos só do lado paterno, não conseguia me lembrar do rosto de todos. Acho que ninguém perceberia se mais um extraterrestre se infiltrasse entre deles.

De repente, minha irmã levou as mãos à boca.

— Tudo bem, Kise?! — exclamou minha mãe, que acariciava suas costas.

— Puxa vida... Mas, se vomitar, você melhora! — disse uma tia.

— Desculpem, com licença.

Minha mãe acompanhou minha irmã até o banheiro, curvando a cabeça pelo caminho para se desculpar.

— A estrada é tão ruim assim, é?

— É que essa menina é muito fraquinha! Se viesse a pé, não enjoava...

Reparei que Kise, abraçada por minha mãe, lançou um olhar em nossa direção.

— Papai, não quer ir também, pra ajudar? — sugeri.

Eu tinha pena de minha irmã porque ela não tinha Piyut, como eu. Kise precisava da companhia dos pais.

— Não, tudo bem — respondeu meu pai.

Mas assim que ouviu ao longe o choro de minha irmã, correu atrás delas.

Fiquei um pouco aliviada depois que os dois foram cuidar de minha irmã.

Certa vez li em um livro da biblioteca da escola a expressão "família coesa", e ela ficou marcada em minha memória. Sempre que via meus pais e minha irmã juntos, lembrava-me dessas palavras. Quando eu não estava, eles ficavam com muito jeito de família. Então eu achava que, às vezes, era bom deixar os três sozinhos — só a família coesa.

Já que eu era uma garota mágica, aprendi com Piyut um feitiço para desaparecer. Não para desaparecer de verdade, mas para ficar bem quieta, de um jeito que ninguém repara em você. Quando eu usava esse feitiço, eles se tornavam uma família feliz e unida, de três pessoas. Então eu gostava de usar esse feitiço de vez em quando, por eles.

— Você adora a casa de sua avó, né, Natsuki? — minha mãe sempre comentava. — A Kise não, ela gosta mais de praia do que de montanhas. Igualzinha a mim!

Minha mãe não se dava muito bem com a vovó e se incomodava quando eu me animava demais com a ideia de ir para Akishina. Minha irmã era muito apegada a ela, e, em casa, em Chiba, as duas ficavam sempre falando mal de Akishina. Acho que minha mãe achava minha irmã uma menina bem melhor do que eu.

Peguei minhas coisas e fui sozinha em direção à escada. A ideia de que Yuu devia estar lá em cima me deixava ansiosa.

— Natsuki, você consegue levar tudo sozinha?

— Consigo — respondi, e subi as escadas com a mochila nas costas.

A escada da casa da vovó era muito diferente da escada lá em casa, era quase vertical, tanto que era preciso usar as mãos ao subir. Todo ano, quando subia esses degraus, pensava que era como se eu tivesse virado um gato.

— Vai com cuidado!

Ouvi a voz de uma tia ou prima vinda lá de baixo.

— Tá bom! — respondi sem me virar.

O andar de cima cheirava a tatame e poeira. Fui para o quarto dos fundos e deixei minhas coisas.

Tio Teruyoshi tinha me contado que, antigamente, aquele era o "quarto dos bichos-da-seda", pois ficava cheio de cestos de bambu, com um monte de ovos de bicho-da-seda dentro. O tio contou que a criação dos bichos começava naquele cômodo e depois, aos poucos, eles iam se espalhando por todo o andar de cima até que, quando encasulavam, já ocupavam toda a casa.

Uma vez eu procurei uma ilustração do bicho-da--seda adulto em um livro da escola. Era grande e muito branco, uma mariposa muito mais linda do que qualquer borboleta. Eu sabia que essas mariposas eram usadas para fazer o fio da seda, mas nunca cheguei a perguntar como faziam isso, nem o que acontecia com os bichos depois. Ficava imaginando a casa tomada por asas brancas esvoaçando. Devia parecer um sonho. Tudo aquilo soava como um conto de fadas, então eu adorava aquele quarto onde costumavam ficar enfileirados os bebês de bicho-da-seda.

Estava abrindo a porta de correr para sair do quarto dos bichos-da-seda quando escutei o piso ranger de leve em alguma outra parte daquele andar.

Tinha mais alguém ali.

Fui para o cômodo que todo mundo chamava de sótão. Apesar do apelido, ele não ficava acima dos outros cômodos, era só um espaço todo escuro atrás de uma porta de correr, naquele mesmo andar. Ali ficavam guardados brinquedos antigos que tinham sido de meu pai e de seus irmãos, e livros que alguém havia colecionado. Nós, crianças, adorávamos entrar lá para procurar tesouros.

— Yuu? — chamei para o interior do cômodo escuro.

O piso do sótão deixava as solas dos pés imundas, então os adultos sempre mandavam a gente entrar lá calçando os chinelos que ficavam na varanda. Mas eu estava muito impaciente para ir buscá-los, então só tirei as meias antes de entrar na escuridão.

— Yuu? Você está aí?

Vi uma lampadinha acesa e fui em direção a ela. Apesar de ser dia claro, lá dentro estava muito escuro e aquela era a única luz. Um barulho de tecido roçando quase me fez gritar.

— Quem está aí? — disse uma voz, baixinho.

— Yuu! Sou eu, Natsuki — chamei na direção de onde veio a voz, e uma sombra branca surgiu no fundo do sótão.

— Oi, Natsuki.

Yuu estava em pé ali, delineado pela luz fraca.

Eu corri até ele:

— Yuu! Que saudade!

— Shh! — Yuu cobriu minha boca, apressado.

Será que Yuu não crescia muito porque era extraterrestre? O menino à minha frente era igualzinho ao que eu vira no ano anterior.

— Se as tias ou Yota escutarem, a gente tá lascado!

— Verdade, nosso amor ainda é segredo...

Yuu fez uma careta, um pouco envergonhado. Estava escuro, mas aquele era realmente Yuu, com seus olhos castanho-claros e seu pescoço fino.

— Finalmente a gente se encontrou!

— Já faz um ano, Natsuki! Eu também estava com saudades. O tio Teruyoshi falou que você ia chegar hoje, então eu acordei cedo e fiquei esperando. Mas depois ele disse que vocês iam demorar por causa do trânsito...

— Por isso você estava brincando aqui sozinho?

— É, eu não tinha mais nada pra fazer.

O corpo de Yuu não parecia apenas ter parado de crescer, mas até estar encolhendo. Enquanto Yota estava ficando mais forte, o pescoço e os pulsos de Yuu pareciam estar ainda mais finos. Talvez fosse só porque eu mesma tinha crescido bastante, mas ele tinha um aspecto tão frágil que fiquei preocupada.

Agarrei a barra de sua camiseta branca. Meus dedos roçaram sua pele e eu senti de leve o seu calor. O corpo de Yuu não era muito quente. Será que era por ele ser um extraterrestre? Sua mão estava gelada quando pegou a minha.

— Yuu, este ano você vai poder ficar até o fim do Obon? — perguntei, apertando ansiosamente sua mão fria.

Yuu assentiu com a cabeça.

— Vou. Este ano Mitsuko conseguiu uma folga mais longa e disse que vamos passar o Obon inteiro aqui.

— Ah, legal!

Yuu chamava minha tia, sua mãe, pelo nome. Acho que foi ela quem disse que preferia assim. Tia Mitsuko era a irmã caçula de meu pai e, desde que se divorciara, três anos antes, era apegada ao filho como a um namorado. Yuu me contou que todos os dias ele tinha de dar um beijo na bochecha dela, antes de dormir. Mas eu o fiz prometer que os beijos de verdade seriam só comigo.

— E você?

— Eu também vou ficar até o fim!

— Então a gente vai ficar junto até o último dia! Tio Teruyoshi comprou fogos de artifício bem grandes pra gente soltar.

— Eba, que legal! Eu quero acender o de estrelinha!

Yuu riu baixinho de meu entusiasmo.

— Este ano você também vai procurar a nave espacial?

— Se der tempo, vou sim.

— Mas você não vai voltar pra lá direto, né?

Yuu assentiu com a cabeça.

— Não, prometo que mesmo se eu encontrar a nave não vou embora sem contar pra você.

Soltei um suspiro de alívio.

Yuu dizia que se encontrasse sua nave espacial voltaria para seu planeta e eu sempre insistia para ele me levar junto. Mas ele só respondia que um dia viria me buscar. Yuu era um menino quieto, mas bastante determinado.

Eu tinha a sensação de que ele poderia desaparecer a qualquer momento. Como eu queria ser extraterrestre também… Sentia inveja dele, que tinha um lugar para onde voltar.

— Yota disse que depois ele vai abrir o poço, escondido dos adultos!

— Ah! O poço velho, que está fechado faz tempo? Quero ver!

— Vamos juntos. E o tio Teruyoshi falou que de noite vai levar a gente pra ver vaga-lumes.

— Eba!

Yuu era um menino muito sério e quando se interessava por alguma coisa sempre queria saber mais. Então conversava bastante com o tio Teruyoshi, que sabia tudo sobre a casa e a vila e gostava de falar sobre o assunto.

— Yuu, Natsuki! Venham, tem melancia gelada! — escutamos uma tia gritar.

— Vamos lá?

Nós saímos do sótão ainda de mãos dadas.

— Depois vamos brincar juntos, Natsuki!

— Vamos! — concordei, sentindo o rosto corar.

Não conseguia conter minha alegria por ter reencontrado, por mais um ano, meu namorado.

Meu pai tinha cinco irmãos. No Obon, quando a família se reunia, a casa ficava lotada. Não cabia todo mundo na sala de estar, então tiravam as portas *fusuma* entre as duas salas de visitas no fundo da casa para criar uma sala grande, onde colocavam uma mesa bem comprida, com almofadas sobre o chão de tatame, e, assim, todos podiam comer juntos.

A casa ficava cheia de insetos, mas ninguém ligava. Lá em Chiba, bastava entrar uma mosquinha em casa para fazerem um escândalo, mas, na casa da vovó, minha mãe e minha irmã não ficavam prestando atenção em cada bichinho que aparecia. Os meninos corriam de um lado para outro matando os insetos com mata-moscas, mas, mesmo assim, sempre tinha moscas, gafanhotos e insetos que eu nem sabia o nome voando pela casa.

Todas as meninas que tivessem idade suficiente iam para a cozinha ajudar a preparar as refeições. Minha irmã também estava lá, comportada, descascando batatas.

Eu fiquei com a função de servir o arroz. Havia duas panelas elétricas, lado a lado. Eu pegava o arroz delas e enchia uma tigela depois da outra. Ami, uma menina de seis anos filha de um primo, ia colocando as tigelas em uma bandeja para levá-las para a sala, com a ajuda da tia Mari.

— Primeira leva de arroz saindo! Abram caminho!

Mari abriu a porta de correr e elas passaram diante do altar, seguindo até a mesa onde os tios esperavam.

— Ei, pare de sonhar acordada e trabalhe, criatura! — berrou minha mãe, enquanto cuidava das panelas no fogão.

— Ah, não fale assim, Natsuki está servindo direitinho... — disse minha avó, olhando em minha direção enquanto fatiava *ego*, uma gelatina de alga de cheiro forte, que eu odiava.

— Que nada! Essa menina não tem salvação. Qualquer coisa que a gente mande fazer, ela estraga. Cansa só de olhar, que martírio! Tão diferente de Yuri, que faz tudo direitinho... Já é uma moça.

Eu estava acostumada a ouvir de minha mãe que eu não tinha salvação. E, realmente, eu nunca conseguia fazer as coisas direito. Por mais que me esforçasse, o arroz ficava achatado nas tigelas que eu servia; eu não conseguia fazer montinhos bonitos e arredondados.

— Olha aí, tá horroroso! Deixe a Yuri fazer isso, vai. Você é desajeitada demais — suspirou minha mãe.

— Ah, não, ela está servindo bem — defendeu uma tia, por bondade.

Continuei servindo com todo o cuidado possível, para não acharem que eu era incompetente demais.

— Essa tigela vermelha é do tio Teruyoshi, então pode por bastaaante! — disse uma tia.

Enchi a tigela com o máximo de arroz que consegui.

— Já está escurecendo... Logo mais é hora de irmos receber os antepassados.

— Verdade, hoje já é o dia de acender o fogo.

A conversa das tias me fez pegar mais rápido a próxima tigela, pois não queria me atrasar.

— Ei, pessoal, vamos lá acender o fogo! — chamou tio Teruyoshi do hall de entrada.

— Ah, já está na hora! Pode deixar que a gente termina, Natsuki. Vá lá.

— Tá bom! — respondi, levantando-me e entregando a espátula a minha tia.

Os insetos cantavam lá fora. Já havia caído a noite, e o mundo do lado de fora da janela da cozinha estava da cor do espaço sideral.

Todas as crianças acompanharam o tio Teruyoshi até o rio, para acender o fogo que guiaria os espíritos de nossos antepassados em sua visita anual. Yuu carregava a lanterna de papel apagada, e eu tinha uma lanterna elétrica de bolso.

As montanhas de Akishina estavam pretas. O rio era uma escuridão que parecia prestes a nos engolir, muito diferente do rio que víamos durante o dia. Tio Teruyoshi acendeu o feixe de palha na margem, e nossos rostos apareceram na luz difusa e alaranjada. Voltados para o fogo, repetimos as palavras do tio:

— Senhores antepassados, por favor sigam estas chamas e venham até nós.

— Senhores antepassados, por favor sigam estas chamas e venham até nós! — gritamos em coro.

No escuro ao nosso redor, só se ouvia o som do rio. Ficamos olhando a chama que ardia na palha, até o tio declarar:

— Bom, acho que eles já devem ter chegado. Yota, pode acender a lanterna de papel.

Ao ouvir que eles já haviam chegado, Ami soltou um gritinho.

— Não grite, senão você vai assustá-los — disse tio Teruyoshi.

Eu engoli em seco.

O fogo passou delicadamente da palha para a lanterna de papel. Yota pegou a lanterna acesa e a carregou oscilante rumo à casa, caminhando com cuidado, atento às advertências do pai para que não deixasse o fogo se apagar.

— Tio, os antepassados estão lá dentro do fogo? — perguntei.

Tio Teruyoshi fez que sim com a cabeça.

— Isso mesmo, o fogo serve de guia para eles virem nos visitar.

Yota entrou na sala pela varanda, carregando a lanterna, e as tias vieram recebê-lo.

— Cuidado.

— Não deixe apagar!

Todos o encorajavam enquanto ele atravessava a sala, hesitante, até um altar que tinha sido preparado especialmente para o Obon. Lá, o tio acendeu uma vela com o fogo da lanterna.

No altar havia uma berinjela e um pepino, com quatro patas feitas de hashis descartáveis de madeira. O pepino era um cavalo ágil para trazer os espíritos ancestrais bem rápido de volta para casa, e a berinjela, uma vaca lenta para levá-los devagar durante o retorno para o outro mundo. Ami e Yuri tinham feito esses animais durante a tarde.

— Pronto, terminamos. Agora os antepassados estão aqui junto desta chama. Natsuki, quando a vela estiver acabando, troque por outra, tá? E não deixe o fogo se apagar. Se não tiverem o fogo para se orientar, os antepassados vão ficar perdidos.

— Tá bom!

Olhei para a mesa e vi que meu pai e meus tios já estavam sentados e tinham começado a beber. Homens e mulheres ficavam separados — os homens bebendo e as mulheres cozinhando sem parar.

Eu e minha irmã nos sentamos à mesa das crianças, na qual já estavam servidos grandes travessas de cozidos e verduras silvestres das montanhas.

— Eu quero hambúrguer! — gritou Yota, e seu pai lhe deu um croque na cabeça.

— Que hambúrguer, menino! Tá maluco?

Um dos pratos sobre a mesa era de gafanhotos *inago*, cozidos com molho de soja. Outro tipo de gafanhoto passou correndo ao lado da travessa.

— Pegue, Yota!

Yota agarrou habilmente o inseto com as duas mãos e foi em direção à porta para soltá-lo.

— Não, seu tonto! Se você abrir a tela, vai entrar mais um monte de bicho.

— Então eu vou dar pra uma aranha — falei.

Levantei, peguei o gafanhoto ainda vivo das mãos de Yota, fui até a cozinha e o pousei delicadamente sobre uma teia. O inseto se deixou prender aos fios sem grande resistência, só agitou um pouco as asas.

— Que banquete pra aranha, hein? — comentou Yuu, que viera atrás de mim.

— Será que ela vai conseguir comer? É bem grande...

A aranha pareceu confusa ao ganhar de repente um alimento tão grande.

Nós voltamos para a mesa, eu peguei um *inago* do prato e o comi. Era esquisito pensar que, naquele momento, a aranha também devia estar comendo um gafanhoto. Mas estava crocante e adocicado, então enfiei mais um na boca.

Conforme a noite avançava, o canto dos insetos ia envolvendo toda a casa. Do lado de dentro, algumas crianças roncavam, mas o som das criaturas do lado de fora era muito mais alto.

O quarto estava completamente escuro, pois qualquer luz acesa faria os insetos se aglomerarem contra as telas nas janelas. Eu, que estava acostumada a dormir com um abajur, sentia um pouco de medo e me agarrava ao edredom.

Yuu estava do outro lado da porta de correr. Essa ideia me tranquilizava.

Outros seres, não humanos, aglomeravam-se ao nosso redor, para além das janelas. Essas noites em que a presença de outras criaturas era mais forte do que a dos humanos eram estranhas e um pouco assustadoras, mas faziam pulsar minhas células selvagens.

Na manhã do dia seguinte, minha irmã teve um chilique.

— Quero ir pra casa! Eu odeio este lugar! Quero voltar pra Chiba! — gritava ela, aos prantos.

Minha amiga Kanae, cuja irmã era do mesmo ano de Kise, tinha me contado que na escola chamavam minha irmã de "Neandertal", por ela ser muito peluda. Mesmo na escola onde eu estudava, diferente da dela, já tinham me perguntado se eu era a irmã da Neandertal.

Pelo jeito, minha irmã não se enturmava na escola. Várias vezes, quando chegava a hora de eu sair para ir à aula, ela ainda nem tinha saído do quarto. Nesses dias, era comum ela faltar e ficar em casa sendo consolada pela minha mãe.

Sendo assim, as férias de verão deveriam ser um alívio para ela. Só que aconteceu de Yota perguntar para minha tia por que a Kise tinha bigode. Os outros primos ficaram sabendo e, na hora do café da manhã, todos vieram em turnos examinar o tal bigode, e ela surtou.

— É nisso que dá você zombar de uma menina! Vá logo pedir desculpas para sua prima! — ralhou a mãe de Yota.

Ele se desculpou chorando, mas Kise não ligou.

— Puxa, e agora?… Às vezes acontece até de Kise ter convulsão — comentavam as tias, aflitas.

Minha irmã se agarrou à minha mãe e não largou mais. Quando seu estresse chegava ao limite, ela costumava vomitar. Passou o dia inteiro repetindo que estava passando mal e que queria voltar para casa até que, quando a noite chegou, minha mãe não aguentou mais.

— Não tem jeito. Ela já está até com febre. Vamos voltar.

— Bom, se ela está passando mal, não tem jeito — concordou meu pai, meio perdido.

— Desculpe, prima Kise — repetia Yota, choroso, mas o mal-estar de minha irmã não passava.

— O problema é que, desse jeito, fazem todas as vontades dela — comentou tio Takahiro.

— Não precisam sair correndo… O ar aqui é bom, ela vai se sentir melhor depois de uma noite bem dormida! Não é, Kise? — acrescentou tio Teruyoshi, tentando acalmar os ânimos.

Mas minha irmã não arredava o pé, e minha mãe estava exausta.

— Vamos voltar amanhã cedo — declarou ela, e só me restou concordar.

Eu e Yuu combinamos de nos encontrar às seis horas da manhã do dia seguinte, em frente ao celeiro.

— Aonde a gente vai? — perguntou ele ao me ver.

— Até os túmulos.

Yuu ficou surpreso.

— Fazer o quê?

— Yuu, eu vou ter que voltar pra casa hoje. Então eu queria te pedir um favor… Casa comigo?

— Casar? — repetiu ele, atônito.

— A gente vai ficar mais um ano sem se ver! Se a gente for casado, eu consigo aguentar até lá. Por favor.

Vendo meu desespero, Yuu pareceu se decidir. Ele assentiu com a cabeça.

— Tá bom. Vamos nos casar, Natsuki.

Nós passamos escondidos pela casa e fomos para o cemitério da família, que ficava além do arrozal.

Chegando lá, tirei Piyut da bolsa e o coloquei ao lado das oferendas.

— Piyut vai ser o pastor.

— Os antepassados não vão castigar a gente por isso?

— Não, eles não vão achar ruim ver duas pessoas que se amam se casando.

Como Piyut não falava língua de gente, eu mesma ergui a voz em seu lugar:

— Aqui, diante de nossos antepassados, faremos nossos votos de casamento. Senhor Yuu Sasamoto, promete amar a senhora Natsuki Sasamoto, na saúde e na doença, na alegria e na tristeza, até que a morte os separe?

Depois acrescentei baixinho:

— Prometa, Yuu.

— Sim, eu prometo.

— Certo. Então, senhora Natsuki Sasamoto, promete amar o senhor Yuu Sasamoto, na saúde e na doença, na alegria e na tristeza, até que a morte os separe?... Sim, eu prometo.

Tirei da bolsa dois anéis de arame que eu mesma havia feito.

— Coloque este no meu dedo, Yuu.

— Tá.

Com suas mãos geladas, Yuu colocou o anel de arame no meu dedo anelar.

— Pronto, agora me dê sua mão.

Coloquei o anel com cuidado, para não machucar a pele branquíssima.

— Agora estamos casados.

— Legal! Somos marido e mulher!

— Isso. Agora não somos mais namorados, somos um casal. Assim, a gente vai ser a família um do outro, mesmo de longe.

Ao ouvir isso, Yuu ficou um pouco acanhado.

— Mitsuko é muito temperamental e quando fica brava sempre grita que vai me expulsar de casa. Então estou feliz de ter uma nova família.

— Vamos fazer um juramento novo? Que nem quando a gente começou a namorar? Vamos precisar de regras novas, agora que somos casados.

— É.

Tirei da bolsa um bloco de notas e fui escrevendo, com uma caneta cor-de-rosa:

— "Número um. Não dar a mão para outras pessoas."

— E na quadrilha da escola?

— Isso tudo bem. O que não pode é dar as mãos quando estiver sozinho com uma menina.

— Tá bom — concordou Yuu, com uma expressão consternada.

— "Número dois. Sempre usar o anel quando for dormir."

— Este anel?

— Isso. Ontem à noite eu coloquei um feitiço nesses anéis. É uma magia pra gente poder ficar de mãos dadas quando for dormir, mesmo estando longe. De noite, é só a gente colocar o anel e pensar um no outro. Assim a gente vai dormir bem.

— Tá bom.

— E o que mais? Você quer acrescentar alguma regra, Yuu?

Yuu pensou um pouco e pegou minha caneta cor-de-rosa.

Com sua letra certinha e miúda, escreveu: "3. Sobreviver, haja o que houver."

— Como assim?

— Pra gente se reencontrar no próximo verão. Quero prometer que, não importa o que aconteça nem o que a gente tenha de fazer, vamos sobreviver e nos reencontrar no ano que vem.

— Tá bom.

Decidimos que Yuu ia guardar o papel com o juramento. Era mais seguro, porque minha irmã e minha mãe tinham mania de mexer nas minhas coisas e jogar no lixo o que bem entendessem.

— Então, cumpra as promessas, hein? A gente se encontra no ano que vem, sem falta!

— Tá!

Nós escondemos os anéis nos bolsos e corremos de volta para a casa. Desde o hall de entrada dava para sentir o cheiro da sopa de missô preparada para o café da manhã.

— Nossa! Vocês já estão acordados?

A vovó arregalou os olhos.

— Já, eu fui pegar flores pra usar no projeto de pesquisa da escola! — respondi, dando a desculpa que tinha preparado.

— Puxa, que menina aplicada! — admirou-se ela. — Ah, é mesmo, eu já ia me esquecendo.

Vovó caminhou apressada para a sala de visitas e tirou da bolsa dois pacotinhos de dinheiro envoltos em lenços de papel.

— Pra você, Natsuki. Não é muita coisa, mas dá para comprar alguma lembrancinha!

— Obrigada!

— E este é para você, Yuu.

Durante o Obon, os adultos sempre nos davam um pouco de dinheiro, em pequenos envelopes ou embrulhado em lenços de papel. Nós tínhamos de contar a quantia para as mães, mas o dinheiro era nosso.

Eu estava economizando tudo o que ganhava para, um dia, ir visitar Yuu em Yamagata. Guardei com cuidado o dinheiro na bolsa.

— Ah, você já está acordada. Ótimo — disse minha mãe, descendo as escadas. — Vamos sair logo depois do café, então vá arrumar suas coisas. Sua irmã continua passando mal. Vou precisar achar um médico que atenda no feriado.

— Tá bom.

Minha mãe curvou a cabeça para a vovó:

— Desculpe-me, eu queria ficar até o fim do Obon...

— Tudo bem, não se preocupe. Sei que a Kise tem a saúde frágil.

Eu olhei para Yuu. Será que não tinha algum jeito de eu ficar até a última noite do Obon? Lembrei-me de ter ouvido meu pai dizer que tinha um ônibus que subia a montanha de vez em quando, uma vez por dia ou coisa assim.

— Mãe, e se eu ficar mais um pouco e voltar de ônibus depois? — sugeri, nervosa.

Minha mãe voltou em minha direção um olhar exausto.

— Não fale bobagem e vá logo arrumar suas coisas. Você sabe muito bem que, quando sua irmã fica histérica, ela não para mais.

— Mas tem um ônibus que…

— Eu não aguento mais! Não venha você me dar trabalho também! — gritou ela.

— … desculpe.

Era melhor eu não incomodar minha "família". Afinal, eu já estava casada. Já havia deixado para trás minha casa de origem e agora meu pai, minha mãe e minha irmã poderiam ser, de fato, uma família de somente três pessoas.

A ideia de que agora eu e Yuu éramos casados me deu forças. Olhei-o de relance. Ele retribuiu o olhar e assentiu discretamente com a cabeça.

"Que no próximo ano a gente possa se encontrar de novo", pedi, usando todos os meus poderes mágicos.

O piso de madeira começava a ranger por toda a casa, indicando que a manhã havia chegado de verdade. No céu muito azul que se via para além da varanda, já não restava nenhum resquício da cor do espaço.

O calor e o cheiro de borracha queimada preenchiam o interior do carro.

— Abra a janela para ventilar — disse minha mãe, afagando as costas de minha irmã.

Eu fui sentada no banco da frente, observando pela janela a paisagem, que ficava cada vez mais plana e cheia de prédios.

Meu pai não abriu a boca durante toda a viagem. Minha mãe se desdobrava em cuidados, tentando acalmar minha irmã.

"Família" é um negócio muito difícil, pensei, segurando o anel dentro do bolso.

Apertei bem os olhos e pensei em Yuu. Dentro dos olhos fechados, não vi apenas o escuro, mas também vários pontos brilhantes, como estrelas.

Pelo jeito, eu tinha aprendido uma magia nova. Agora eu conseguia ver, no interior de minhas pálpebras, o espaço sideral onde ficava Powapipinpobopia, a terra natal de Yuu.

Pensei que, quando a gente encontrasse a nave espacial, eu ia pedir que Yuu me levasse junto com ele para Powapipinpobopia. Agora que nós éramos casados, eu poderia viver em seu planeta. E Piyut ia também, é claro.

De olhos fechados, flutuando no cosmos, senti que a nave espacial de Powapipinpobopia estava mesmo muito perto.

O amor e a magia me envolviam. Enquanto estivesse lá dentro, estaria segura, e ninguém conseguiria estragar nossa felicidade.

2

Eu moro em uma fábrica de fazer pessoas.

Minha cidade é uma sequência de ninhos humanos, um ao lado do outro.

Talvez seja parecido com o quarto dos bichos-da-seda sobre o qual o tio Teruyoshi contou.

Dentro dos ninhos retangulares, dispostos organizadamente lado a lado, habitam pares de humanos machos e fêmeas com seus filhotes. Os pares acasalam e criam os filhotes dentro desses ninhos. Eu moro em um deles.

Esta é uma "fábrica de gente", formada pela carne dos corpos. Um dia, nós filhotes seremos despachados para fora da fábrica.

Uma vez despachados, tanto os machos quanto as fêmeas precisam, primeiramente, passar por um treinamento para conseguir obter o próprio alimento. Assim eles se tornam ferramentas do mundo e recebem de outras pessoas o dinheiro necessário para comprar alimentos. Eventualmente, esses jovens humanos também formam pares, instalam-se em ninhos e começam a produzir filhotes.

Eu já desconfiava que fosse assim e, quando comecei a ter aulas de educação sexual, logo no começo do quinto ano, vi que era de fato como as coisas funcionavam.

Meu útero era uma peça dessa fábrica, que algum dia iria se conectar aos testículos de outra pessoa — também uma peça da fábrica — e fazer filhotes. Todos os machos e fêmeas filhotes que se retorciam nos ninhos já tinham essas peças da fábrica escondidas dentro de seus corpos.

Eu tinha me casado com Yuu, mas era provável que ele não pudesse fazer filhos, por ser um extraterrestre. Se nós não encontrássemos logo a nave espacial, eu seria obrigada a acasalar com outra pessoa para produzir mais seres humanos para o mundo.

"Tomara que a gente consiga encontrar a nave antes disso."

Piyut dormia na caminha que eu arrumava para ele dentro da gaveta de minha escrivaninha. Eu continuava fazendo minhas mágicas, discretamente, usando a varinha e o espelho que ele me dera. A mágica me ajudava a conduzir minha vida rumo ao futuro.

Assim que cheguei em casa, liguei para minha amiga Shizuka. Ela não tinha ido viajar no feriado e parecia ter ficado entediada na minha ausência.

— Então, você não quer ir à piscina amanhã? Combinei de ir com Rika e Emi, mas eu não gosto muito de Rika... Se você vier vai ser muito mais legal! A gente pode ir juntas no tobogã!

— Ih, desculpe, mas eu fiquei menstruada ontem à noite.

— Ah, jura? Que pena! Vamos comer crepe depois de amanhã, então?

— Vamos!

— Semana que vem começam as aulas do cursinho, né? O cursinho é chato, mas estou animada pra ver o professor Igasaki. Ele é tão gato!

— Hahaha!

Depois de bastante tempo sem se falar, nós tínhamos muito assunto para pôr em dia. Eu estava conversando alegremente quando senti um impacto nas costas — *tum!*

— Sai fora.

Olhei para trás e vi minha irmã em pé, de cara amarrada. Pelo jeito, ela tinha chutado minhas costas. Ela sempre vinha me chutar quando eu estava ao telefone.

— Desculpe, acho que minha irmã quer usar o telefone.

— Ah, é? Tá bom, então até depois de amanhã!

— Até, tchau!

Desliguei o telefone e minha irmã resmungou:

— Essa sua vozinha irritante vai me dar febre de novo.

— Desculpe.

Ela bateu a porta e se trancou no quarto. Quando isso acontecia, ela não saía tão cedo.

Voltei para meu quarto discretamente, tentando não fazer barulho. Coloquei o anel no dedo anular da mão esquerda e fiquei olhando para ele.

Ao fazer isso, tive a sensação de compartilhar o mesmo dedo com Yuu. Inclusive, meu dedo anular estava parecendo mais branco do que os outros. Pensei que ele se parecia com os dedos finos de Yuu e o acariciei de leve.

Ao fechar os olhos, vi novamente o espaço. Adormeci assim, com o anel no dedo.

Queria voltar logo para aquele escuro, negro como o breu. Eu nunca estivera no planeta Powapipinpobopia, mas estava começando a sentir que ele era minha terra natal.

No dia do cursinho, hesitei ao escolher uma roupa e, no fim, vesti uma camisa preta. Fechei até o último botão. Ficou meio quente, apesar de ser de manga curta.

Escondi Piyut na bolsa do cursinho e desci para o térreo. Minha mãe estava no corredor e fechou a cara ao me ver.

— Que roupa é essa? Parece que você vai a um velório.
— É.
— Credo, dá desânimo só de olhar. E eu já estou tão cansada… — suspirou ela.

Uma lixeira é uma coisa útil de se ter em casa. Naquela casa, eu era a lixeira. Quando meu pai, minha mãe ou minha irmã não tinham o que fazer com seus sentimentos desagradáveis, jogavam-nos em mim.

Minha mãe estava saindo para levar a circular da associação de bairro, e eu saí com ela. A vizinha da casa ao lado puxou conversa:

— Oi, Natsuki! Está indo para o cursinho? Como você está crescida!

— Ah, imagine, quem me dera! — retrucou bem alto minha mãe, atrás de mim. — Essa aí só faz burrada, a gente não pode tirar os olhos.

— Ora, não fale assim... Né, Natsuki? — disse a vizinha, olhando-me constrangida.

— Não, minha mãe tem razão — respondi.

Quando eu não usava a mágica, era um fracasso humano. Desde pequena sempre fui desajeitada, além de feia. Para as pessoas da cidade-fábrica, minha mera existência devia ser um estorvo.

Minha mãe continuou, em voz alta:

— Sua Chika, por outro lado, é tão jeitosa! Essa menina aqui é burra demais... Tudo o que a gente manda fazer, ela faz errado. É um peso, só me dá dor de cabeça.

Dizendo isso, ela acertou minha cabeça com a prancheta da circular. Ela batia bastante na minha cabeça. Dizia que eu era tonta e que talvez meu cérebro precisasse de um pouco de estímulo para funcionar melhor. E também que minha cabeça tinha uma boa sonoridade, por ser oca. Talvez ela tivesse razão. A prancheta se chocou com um distinto *pam!*

— E, pra completar, olha só, nem a aparência se salva. Não sei o que a gente vai fazer, porque eu duvido que ela arranje um marido...

— É mesmo — concordei.

Se a própria pessoa que me pôs no mundo dizia essas coisas, eu realmente devia ser um desastre, então era bem possível que minha presença incomodasse os outros moradores da vizinhança também. Minha irmã sempre dizia que eu era tão nojenta e desastrada que estressava qualquer um que estivesse por perto.

— Desculpe — disse, curvando a cabeça, por hábito.

— Ah, não! Imagine, não é nada disso... — retrucou a vizinha, aturdida.

— Bom, eu tenho que ir. — Despedi-me, subi na bicicleta e saí para o cursinho.

Ainda pude ouvir a voz de minha mãe atrás de mim:

— Sinceramente, não sei a quem essa menina puxou...

Passando de bicicleta pela sucessão de casas todas iguais, pensei mais uma vez como elas se pareciam com ninhos. Lembravam um casulo enorme que eu e Yuu encontramos no meio do mato em Akishina.

Minha cidade era uma enorme fileira de ninhos e uma fábrica de fazer humanos. Ali, eu era uma ferramenta em dois sentidos.

Primeiro, tinha de me esforçar nos estudos, para me tornar uma boa ferramenta de trabalho.

Segundo, tinha de me esforçar como menina, para poder me tornar um bom órgão reprodutivo da cidade.

Eu desconfiava que fracassaria em ambos.

O cursinho ficava no segundo andar de um centro comunitário perto da estação, construído dois anos antes. Você tirava os sapatos, subia as escadas e encontrava duas salas. A do fundo era a do curso avançado, para os alunos do sexto ano que iriam prestar exames. Lá, quem dava aulas era o diretor. A sala da frente era a do curso comum, para alunos como eu, que não iam prestar nenhum exame, e quem dava aulas era o professor Igasaki, um estudante universitário.

Quando estacionei a bicicleta e entrei na sala, todos já estavam acomodados em suas carteiras. Shizuka acenou para mim e fui me sentar a seu lado. Todo mundo tinha mudado um pouco durante as férias de verão — estavam mais bronzeados, ou com cortes de cabelo diferentes.

— Natsuki, você vai ao festival de fogos de artifício aqui perto, né? Vai de *yukata*?[3]

— Sim, estou pensando em ir!

— Quer ir junto comigo comprar um *yukata* novo? Outro dia vi um lindo, de peixinhos dourados.

Todos pareciam ter aproveitado as férias de verão, mas também ter sentido falta de encontrar os amigos, e as conversas não tinham fim. A sala, com cerca de vinte alunos, ficou tomada por vozes e risos.

— Silêncio, pessoaaal! — disse o professor Igasaki ao abrir a porta e entrar.

---

3. Tipo de quimono simples, de algodão estampado, usado principalmente nos festivais de verão, em hotéis tradicionais e em banhos termais. [N.T.]

— Eba! — exclamou Shizuka, alegre.

O professor Igasaki parecia um membro de uma *boy band* famosa e fazia sucesso entre as meninas. E, além de ser bonito, também era conhecido por dar aulas divertidas e fáceis de acompanhar.

Eu queria, ao menos, me tornar uma boa ferramenta de trabalho, então estudava com bastante dedicação.

— Natsuki, você melhorou muito em estudos sociais! — disse o professor.

— Que bom — respondi.

Ele afagou meu cabelo. Mesmo depois que afastou a mão, meu couro cabeludo continuou ardendo.

— Natsuki, você pode ficar um pouco depois da aula para me ajudar com o material?

— Posso.

O professor Igasaki sempre me pedia para ajudá-lo com alguma coisa. Naquele dia também, e, depois de Shizuka se despedir de mim dizendo que estava com inveja, fiquei sozinha na sala com ele.

— Sua postura é ruim, Natsuki.

O professor enfiou a mão por baixo da barra da minha camisa e tocou diretamente a pele das minhas costas.

— Veja, você tem de esticar a coluna, assim. Se não, vai ficar com dor nos ombros, entendeu?

— Entendi.

Eu endireitei as costas, tentando escapar do toque.

— Isso, assim está bem melhor. E tem de contrair o abdome também, Natsuki.

Percebi que sua mão ia passar para minha barriga e me retorci, afastando o corpo.

— O que foi? Estou só te mostrando como ter uma boa postura. Mas pra isso você tem que ficar paradinha.

— Tá.

Sua mão roçou meu sutiã. Eu fiquei imóvel, com as costas bem retas, e não disse nada.

— Isso, assim está bom.

Ele finalmente tirou a mão, mas meu corpo continuou tenso.

Quando eu estava indo embora, o professor acrescentou:

— Natsuki, você deve usar sutiã branco, não rosa-escuro. Porque os meninos podem ver algum pedaço, ou ele pode aparecer por baixo da roupa.

— Tá.

O professor sempre criticava a cor de minhas roupas de baixo. Justamente por isso eu tinha colocado uma blusa preta, mas, pelo visto, ele não ficara satisfeito.

É difícil falar sobre as coisas quando elas são só um pouco esquisitas.

Eu tinha a impressão de que o professor Igasaki era um pouco esquisito. Eu frequentava suas aulas no cursinho desde o começo do quinto ano e ele sempre foi só um pouco esquisito.

Mas talvez fosse só imaginação minha. Um homem bonito como o professor não tinha por que dar atenção para uma criança como eu. Vai ver, eu que era metida demais.

Eu estava pedalando a toda velocidade quando alguém acenou para mim.

Olhei melhor e reconheci Shinozuka, a professora responsável pela minha turma na escola.

— Boa noite, professora.

— O que você está fazendo na rua a essa hora, Sasamoto?

— Estou voltando do cursinho.

— Ah, bom, se é assim...

A professora Shinozuka era uma mulher de meia-idade e tinha o apelido de Queixas-Sem-Fim. Começou a ser chamada assim em algum momento porque tinha um queixo comprido e volta e meia tinha ataques de choro descontrolados, depois dos quais sempre dava sermões intermináveis. O jeito que todo mundo zombava dela pelas costas me lembrava um pouco de minha irmã.

— Sabe, eu estava corrigindo as provas agora há pouco, e você foi muito bem na última, Sasamoto.

— É mesmo?!

— Você tinha dificuldade em matemática, não tinha? Mas, nesse último teste, não errou quase nada.

Era verdade que a professora Shinozuka tinha certa tendência à irritabilidade, mas quando os alunos tiravam notas boas ela os elogiava com muita sinceridade.

— Você calcula um pouco devagar, mas se fizer tudo com calma para não se atrapalhar, pode tirar uma nota ainda melhor!

— Muito obrigada!

Não devia ser muito comum os alunos agradecerem a professora, pois minha alegria pareceu deixá-la muito satisfeita.

— Ser estudiosa é muito bom!

Eu vivia sedenta por elogios, porque em casa nunca falavam nada positivo sobre mim. Ao ser elogiada daquele jeito, mesmo que fosse só um capricho de uma professora estressada, senti meu peito esquentar e uma vontade repentina de chorar.

Eu queria estudar muito e me tornar o tipo de criança que deixava os adultos bem satisfeitos. Assim, talvez eu não corresse o risco de ser expulsa de casa, mesmo sendo um artigo defeituoso.

Eu não saberia sobreviver sozinha, no mato. Se me expulsassem de casa, morreria de fome.

— Sim, vou estudar bastante!

Falei com tanto entusiasmo que Shinozuka se retraiu um pouco.

— É, bem... É sempre bom dar o seu melhor.

A professora fez um aceno de adeus e foi embora, dizendo para eu tomar cuidado no caminho para casa.

Todo mundo comentava, às escondidas, que a professora Shinozuka era uma solteirona feia que tinha ficado encalhada. Corriam boatos de que ela era apaixonada pelo professor Akimoto, de educação física, e todos achavam ridículo porque ele nunca daria bola para alguém como ela.

As coisas também não eram fáceis para os adultos. Eles julgavam as crianças, mas também eram julgados. Ainda que Shinozuka funcionasse direitinho como uma peça no jogo da sociedade, sua função como órgão reprodutivo parecia deixar a desejar.

Shinozuka estava em uma posição na qual podia me educar e me controlar, mas também estava sendo julgada como ferramenta do mundo. Ainda assim, quando as pessoas conseguiam comprar a própria comida, no mínimo não precisavam mais se preocupar em serem abandonadas.

Pedalei de volta para casa. Dentro da bolsa estavam os novos exercícios do cursinho. Eu queria fazer todos eles logo e estudar bastante para me aproximar um pouco mais de ser uma peça do mundo.

Sentada em meu quarto, olhei o calendário. Aquele era o último dia das férias de verão. O calendário dizia: "Faltam 347 dias."

Apenas dezoito dias haviam se passado desde o primeiro dia do Obon. Ainda ia demorar mais 347 dias até eu poder ver Yuu novamente.

O amor me sustentava. Quando pensava em Yuu e no amor, não sentia mais dor, como se tivesse recebido uma anestesia.

Seria tão bom se fosse eu a extraterrestre, em vez de Yuu. Nós dois éramos iguais, no sentido de vivermos como parasitas em nossas casas, mas ele era extraterrestre e eu, nem isso.

Sentei-me diante da escrivaninha e comecei a estudar. Queria ser capaz de comprar minha própria comida logo. Para isso, eu obedeceria a qualquer coisa que o mundo mandasse.

Na sala de estar, encontrei minha mãe com ar esgotado.

— Mãe, quer que eu faça o jantar hoje?

— Não — respondeu ela, sem olhar para mim. — Não vá inventar moda.

— Mas você parece tão cansada... Posso fazer um curry, eu aprendi na aula de...

— Já disse que não precisa! Se você se meter a fazer alguma coisa, vai acabar me dando mais trabalho. Só fique quietinha.

Eu assenti com a cabeça. Não devia ter me intrometido. Realmente, para um fracasso como eu, era muita presunção querer fazer algo positivo para a família. O máximo que eu podia almejar era não fazer nada de negativo e me manter como um zero.

— Você é sempre assim. Não sabe fazer nada direito, só falar.

— Tem razão.

Sempre que minha mãe estava mal-humorada, me dava uma bronca. Então esses sermões não deviam ser para o meu próprio bem, mas só porque ela precisava de um saco de pancadas. Bater em mim com as palavras, em vez de usar as mãos, permitia que ela recobrasse o equilíbrio.

Além de trabalhar meio período, minha mãe também tinha cumprido sua função de órgão reprodutor, dando à luz a mim e minha irmã. Devia ser muito cansativo ser uma pessoa tão produtiva.

— Todo mundo nesta casa tem que te aturar, sabe? — cuspiu ela.

Eu pensei que devia ser verdade.

Fechei os punhos e os apertei com força. Essa era outra mágica que eu tinha aprendido recentemente. Quando eu fechava as mãos ao redor do dedão, criava uma escuridão dentro delas. Se eu fizesse direitinho, conseguia produzir uma escuridão completamente negra, da cor do espaço sideral.

Eu gostava de ver o universo dentro de minhas mãos. Se eu ficasse bem boa nisso, poderia mostrar para Yuu no verão.

— Que sorrisinho é esse? Mas que menina desagradável! — gritou minha mãe.

Era hora da lata de lixo.

Voltei para o quarto. Queria me tornar logo uma ferramenta mais útil para o mundo, que não atrapalhasse ninguém. Talvez mesmo alguém como eu pudesse trazer alguma vantagem para o mundo, se soubesse muitos feitiços.

Abri o espelho mágico e encarei minha imagem. Concentrando-me bastante, tive a impressão de que havia me transformado um pouquinho.

Subitamente, me senti invencível. Levantei-me, fui até a escrivaninha e me pus a estudar com afinco.

Talvez graças ao poder da mágica, eu terminava os exercícios um depois do outro, bem rápido. Senti que o interior de minha mão, apertada ao redor do lápis, resplandecia.

As aulas do sexto ano começaram na escola e o verão foi se aproximando. Em meu calendário, a contagem regressiva para encontrar Yuu já tinha apenas dois dígitos. Eu mal continha minha alegria com a ideia de reencontrá-lo em breve.

Certo dia, a pedido de minha irmã, fui até a farmácia onde minha mãe trabalhava meio período. Estava procurando o colírio para terçol que Kise queria quando vi minha mãe no fundo da loja. Ela não tinha qualificação como farmacêutica, então trabalhava só com reposição de produtos e esse tipo de coisa.

Eu estava indo em direção a ela para perguntar onde ficava o colírio quando ouvi uma moça jovem do caixa gritar:

— Sasamoto, pode deixar isso aí assim. Vá arrumar os xampus!

Minha mãe fechou a cara e desapareceu para o interior da loja com um ar irritado.

— Ai, essa Sasamoto Godzilla é um saco — murmurou a moça, e por um segundo levei um susto, achando que ela estava falando de mim.

— É mesmo, ela está sempre tão mal-humorada e explode por qualquer coisinha. É muito deprê — suspirou a moça que contava o dinheiro no outro caixa.

Ah, então a Sasamoto Godzilla era minha mãe...

Minha irmã era a Neandertal, minha mãe, a Godzilla. Talvez estivesse no sangue.

De fato, ali no trabalho minha mãe tinha um ar meio desequilibrado. Desisti de comprar o colírio e me apressei a sair da farmácia. Olhei para trás bem a tempo de ver minha mãe reaparecendo dos fundos, envolta em uma nuvem de mau humor. Ela parecia mesmo prestes a explodir.

Ao final da aula do cursinho, quando eu estava indo embora, o professor me chamou.

Fazia tempo que o professor Igasaki não fazia isso. Desde que eu entrara no sexto ano nós quase nunca havíamos conversado a sós. Eu estava começando a achar que tudo tinha sido apenas impressão minha e a ficar constrangida por ser tão paranoica.

Eu assenti e o segui de volta para dentro da sala vazia.

— Quero falar com você sobre isto — disse ele, colocando algo sobre a mesa.

Era um pequeno embrulho branco.

No primeiro momento, não entendi o que era. Olhando mais de perto, vi que estava sujo de sangue e percebi que era um absorvente menstrual.

Reconheci as abas cor-de-rosa.

— É o que você jogou fora no banheiro hoje, Natsuki.

Não consegui responder.

De fato, eu estava menstruada. E no intervalo entre as aulas, tinha ido ao banheiro feminino e jogado no pequeno lixinho da cabine um absorvente usado. Como o professor tinha identificado que aquilo era meu e trazido para a sala?

— Veja, Natsuki, eu sou professor e ensinar esse tipo de coisa às alunas faz parte do meu trabalho. É que você não jogou fora direito, entende? Olha só, está sujo de sangue, aqui. Você precisa embrulhar com mais cuidado. Vou te mostrar direitinho como faz.

O professor pegou um lenço de papel da caixa que estava sobre a mesa e o usou para embrulhar meu absorvente.

— Viu? Assim fica mais bonito, e é melhor para quem for limpar o banheiro, não é?

— Sim…

— Agora, tente você.

— O quê?

O professor me olhava com o mesmo sorriso gentil de sempre.

— Experimente fazer como eu fiz. Quero ver se você aprendeu direito.

— … agora?

— É. Você tem um absorvente novo naquela bolsinha, não tem? Troque o que está usando agora.

— ...

Eu perdi a fala e fiquei ali, parada. O professor insistiu:

— Eu não falo sempre, durante as aulas, que quando a gente aprende uma coisa nova, precisa praticar logo para não esquecer? É só isso que eu quero. Estou falando alguma coisa estranha?

— Não...

— Então vamos lá, rápido, antes que os alunos mais velhos cheguem para as aulas da noite — disse ele para me apressar.

Eu tirei lentamente o *nécessaire* de dentro da bolsa.

Ergui a barra da saia e abaixei a calcinha, tentando evitar, ao menos, que o professor visse alguma coisa. Estava usando uma calcinha bege, especial para os dias de menstruação.

Com os dedos trêmulos, descolei o absorvente e o embrulhei com um lenço da caixa que estava diante do professor. Depois colei o absorvente novo na calcinha.

— Isso mesmo, muito bem!

Achei que talvez ele fosse afagar meu cabelo e todo meu corpo se retesou. Enfiei o absorvente antigo dentro do *nécessaire* e curvei a cabeça em agradecimento para escapar de seu toque:

— Obrigada.

— Você é uma menina muito comportada. Meninas assim vão muito bem nos estudos! É só obedecer direitinho o que o professor mandar.

— Tá.

— Bom, até a semana que vem. Os exercícios de matemática são um pouco difíceis, mas se você tiver alguma dúvida pode conversar comigo a qualquer hora.

Eu assenti com a cabeça e corri para fora da sala.

"Mágica, preciso usar uma mágica! A mágica do escuro, a mágica do vento, não importa, só preciso usar algum poder mágico. Preciso lançar algum feitiço em todo o meu corpo antes que meu coração sinta qualquer coisa."

Entrei em casa correndo e fui lavar as mãos.

O absorvente novo estava todo retorcido entre minhas pernas. O sangue não parava de escorrer para fora de meu corpo. Senti que o professor Igasaki estava observando até isso.

— O que você tem, entrando desse jeito sem nem falar oi? — disse minha mãe, aproximando-se.

Eu engoli as palavras, sem saber o que dizer.

— Puxa, você está com o joelho roxo... Bateu andando de bicicleta? — perguntou minha mãe, com uma voz surpreendentemente gentil. Ela se agachou para olhar meu joelho, preocupada.

"Quem sabe, se eu falar agora...", pensei.

"Mágica da coragem, mágica da coragem." Entoei mentalmente um encantamento.

Abri a boca, com os lábios trêmulos.

— Escuta, mãe... O professor...

— O que tem o professor?

— O professor Igasaki, do cursinho. Ele é meio estranho. Já faz tempo que ele é assim, mas hoje foi muito estranho...

— Como assim, estranho?

— Áhn, outro dia ele disse que ia corrigir minha postura e ficou mexendo no meu corpo... E hoje me deu uma bronca sobre o jeito como eu uso o absorvente.

Uma ruga surgiu no cenho da minha mãe e seu bom humor desapareceu.

— E o que é que tem? Ele está te dando bronca porque você não faz as coisas direito.

— Não, não é isso, é estranho. É esquisito. Tipo... não é normal. Quando ele foi corrigir minha postura, ele não mexeu só nas costas, encostou em meu peito também.

Eu não conseguia expressar em palavras a "atmosfera" que envolvia o professor nessas horas em que ele era estranho.

— É que sua postura é um desastre! Eu sempre te digo isso. Aí o professor te dá uma bronca e você pensa logo nessas indecências!? Mas você é muito descarada, mesmo!

— Não, eu juro, ele estava sendo *estranho*!

— Imagine, que ideia! Ele nunca olharia desse jeito para uma menina com um corpo infantil que nem o seu. Você é que inventa essas coisas porque tem a mente suja! A indecente aqui é você!

Diante da rajada de palavras de minha mãe, eu não consegui falar mais nada.

— Onde foi que você aprendeu essas coisas, hein? Mas que menina sem-vergonha! Se você tem tempo para pensar nessas asneiras, devia usar para estudar mais.

Alguma coisa estalou contra o topo de minha cabeça. Minha mãe me encarava com o chinelo na mão.

— Não vai responder?

— Tá bom, entendi.

Era a primeira vez que ela me batia assim, de verdade. Senti algo desligar em meu peito. *Clic*. Meu coração não sentia mais nada, como se eu tivesse sido anestesiada. A dor desapareceu.

— Nas últimas provas suas notas foram péssimas! Não tem nada nessa cabeça aqui? Hein? Tá vazia?

Ela continuava batendo em minha cabeça com o chinelo.

— Tá bom, entendi. Desculpe.

Minha boca repetia as palavras que minha mãe queria ouvir, como um encantamento.

Tá bom, entendi. Desculpe. Tá bom, entendi. Desculpe.
Tá bom, entendi. Desculpe. Tá bom, entendi. Desculpe.
Tá bom, entendi. Desculpe. Tá bom, entendi. Desculpe.
Tá bom, entendi. Desculpe. Tá bom, entendi. Desculpe.
Tá bom, entendi. Desculpe. Tá bom, entendi. Desculpe.
Tá bom, entendi. Desculpe. Tá bom, entendi. Desculpe.
Tá bom, entendi. Desculpe. Tá bom, entendi. Desculpe.
Tá bom, entendi. Desculpe. Tá bom, entendi. Desculpe.
Tá bom, entendi. Desculpe. Tá bom, entendi. Desculpe.

Então, por favor, não me expulse de casa. Eu vou ouvir tudo o que você disser, vou obedecer, então não me abandone. Se uma criança for abandonada pelos adultos, ela morre. Não me mate, por favor.

Como um delírio, como um feitiço, como um encanto, as palavras saíam da minha boca.

Eu tinha de usar a magia para continuar viva. Tinha de ficar vazia e ser obediente.

A bolsa aos meus pés estava cheia de lições de casa do cursinho. É mesmo, eu precisava estudar. Estudar bastante para me tornar o tipo de criança que agrada os adultos e, um dia, o tipo de adulto que agrada os outros adultos.

Minha mãe estava ficando cada vez mais agitada. Dava chineladas em meu rosto, minha cabeça, meu pescoço, minhas costas. Eu tinha desligado o botão de meu coração, então não sentia nada. Contive a respiração e esperei o tempo passar.

Fechei-me em minha casca como uma cápsula do tempo sob a terra e aguentei, imóvel, concentrando todos os meus esforços para apenas carregar minha vida rumo ao futuro.

Quão longe no futuro será que eu precisaria levar minha vida para conseguir sobreviver?

"3. Sobreviver, haja o que houver."

O juramento que eu fizera com Yuu estava marcado a fogo dentro de mim.

Até quando eu teria de sobreviver? Será que algum dia poderia apenas viver e não sobreviver?

Vendo minha mãe, vendo a professora Shinozuka, parecia-me que não. A ideia de que precisaria continuar sobrevivendo eternamente me deixou zonza.

Mesmo assim, eu precisava me tornar logo parte da fábrica. Precisava aperfeiçoar meu cérebro, desenvolver meu corpo, deixar o mundo me lavrar. Por enquanto, era preciso conter a respiração e proteger minha vida só por mais algumas horas, até o momento futuro em que o ânimo de minha mãe teria sossegado.

Depois da escola, saí de casa dizendo que ia encontrar a Shizuka.

Aquela cidade, toda resplandecente, ficava muito longe do espaço sideral.

Faltava pouco para as férias de verão. Só mais trinta dias até eu encontrar Yuu.

Liguei para ele usando um cartão telefônico. Meu plano era desligar se tia Mitsuko atendesse.

— Alô, é da casa dos Sasamoto — disse Yuu.

— Yuu? Yuu, sou eu!

— *Natsuki?* — Ele ficou tão surpreso que sua voz quase não saiu.

Eu agarrei o fone com força.

— Escuta, Yuu, finalmente o Piyut se livrou do feitiço e começou a falar nossa língua! E aí ele convidou uma pessoa de Powapipinpobopia para vir me visitar em meu quarto. Escondido, sabe, no meio da noite.

Eu só sabia que Yuu ainda estava lá pelos ruídos que chegavam do outro lado da linha. Continuei, entusiasmada:

— E aí esse extraterrestre disse que sua nave espacial está em Akishina, mesmo! Das outras vezes em que a gente foi procurar, a gente andou pro lado das montanhas, não foi? Mas ela não está lá! Lembra que o tio comentou que tem um santuário pequeno em Akishina? Eu nunca fui nesse santuário, mas diz que a nave está lá perto. Então no verão a gente pode ir procurar!

— *Calma, Natsuki. Fale mais devagar, o que aconteceu? Quem foi que te disse tudo isso?*

— Ué, já falei, foi um extraterrestre que veio e ele precisava voltar logo, mas era do mesmo planeta que você, disse que te conhecia. Aí eu pensei que precisava te contar logo! Ele também falou que na nave cabem duas pessoas. Então eu vou poder ir com você!

Yuu respirou fundo antes de falar:

— *... Ah, entendi. Desculpe ter respondido assim, é que eu levei um susto. Que legal! Então no próximo verão a gente vai poder voltar pra minha terra natal.*

Eu não tinha certeza até que ponto o que eu estava falando era verdade. Eu tinha a impressão de que um extraterrestre tinha mesmo me visitado, mas também tinha a impressão de que era tudo mentira. Se fosse mentira, Yuu ia ficar decepcionado. Mas eu não conseguia me conter.

— É! Então não se esquece de se despedir dos amigos da escola quando acabarem as aulas, tá? Porque a gente vai voltar pra casa.

— *É verdade. Você também, se despeça dos amigos e faça as malas direitinho. Deve ser apertado dentro da nave, vai ver a gente pode levar um videogame ou coisa assim.*

— Ah, não precisa! Com você pra conversar eu não vou ficar entediada.

O escuro do céu era ralo, como tinta nanquim diluída. Aquela noite clara, diferente das de Akishina, não servia para me esconder. Queria que o Obon chegasse logo para eu reencontrar as noites completamente negras. Fechei os olhos, com saudades da escuridão de Akishina. Dentro de meus olhos, pequenas luzes piscavam, como um céu estrelado.

As férias de verão finalmente começaram e eu fiquei ainda mais animada.

Faltava só uma semana para o Obon.

Todos os anos, a associação do bairro organizava um festival de verão no pátio de nossa escola. Eu vesti meu *yukata* estampado com sininhos de vento, encontrei-me com Shizuka e fomos juntas para lá. Ela estava usando o *yukata* de peixinhos dourados que nós havíamos comprado juntas no ano anterior.

Shizuka estava tomando uma raspadinha quando exclamou, entusiasmada:

— O professor Igasaki!

Levei um susto e meus dedos se apertaram ao redor do palito do algodão-doce.

— Vamos lá falar com ele!
— Não, espere! Melhor a gente não ir para aquele lado... Rika está lá. Vocês não estão brigadas? Vamos fugir pra cá.

Andei apressada para o lado oposto.

— Ei, me espere! — gritou Shizuka, correndo em meu encalço.

Shizuka disse que tinha ficado com dor de barriga por causa da raspadinha e foi ao banheiro. Fiquei esperando por ela, apoiada na parede do ginásio.

Eu estava pensando que Shizuka estava demorando para sair, quando de repente uma mão agarrou meu pulso.

— Boa noite, Natsuki.

Contive um grito de susto e o cumprimentei comportada, curvando um pouco a cabeça:

— Boa noite, professor Igasaki...

O professor tinha o rosto tão pálido quanto se tivesse passado pó de arroz e a mão grudenta de suor. Seu rosto bem desenhado de boneca, que Shizuka achava tão lindo, me dava arrepios. Sem pensar, escondi com o braço o decote do *yukata*.

— Você está esperando por Shizuka? Ela já saiu do banheiro e está na minha casa.

— Quê?

— A pressão dela caiu enquanto ela esperava na fila do banheiro. Como eu moro bem perto daqui, ela foi lá para casa descansar.

— Ah… é mesmo?

Pensando bem, Shizuka tinha comentado que estava menstruada. Será que ela também tinha levado uma bronca sobre como usar o absorvente? Estremeci e pensei que precisava ir logo encontrá-la. Se minha amiga estava em perigo, eu precisava usar o poder da magia para salvá-la.

— Vamos logo, Natsuki!

Enquanto o professor me puxava com força, agarrei Piyut dentro da minha bolsa e entoei mentalmente um encantamento.

"Com minha magia, eu sou invencível. Vou salvar a Shizuka."

Repeti isso várias vezes para mim mesma. Piyut me encorajava, em silêncio.

Chegamos à casa do professor e ele me convidou, sorrindo:

— Entre, Natsuki!

Ele tinha falado que, durante o verão, seus pais estavam no exterior a trabalho e ele estava sozinho em casa.

— Cadê Shizuka?

— Shizuka? Ela já melhorou e foi embora, antes de a gente chegar.

— Sei…

O professor respondeu como se fosse tão óbvio que fiquei com vergonha de não ter entendido direito. Pelo jeito, ele tinha mentido para mim, mas agia com perfeita autoconfiança e não dava mostras de nenhum peso na consciência.

— Você é uma menina muito boazinha, se preocupando tanto com sua amiga! Você gosta de chá preto? Tenho um chá preto muito gostoso, sabor morango. Sente-se no sofá que eu vou preparar, tá?

Eu me sentei em silêncio no sofá e fiquei olhando para uma caixa de chocolates que estava sobre a mesa. Era uma caixa grande de bombons, sem nenhum faltando. Pensei que talvez Shizuka também tivesse se controlado para não comer.

— Acho que hoje nós podemos estudar aqui, em minha casa.

O chá que ele serviu era doce e tinha gosto de morango.

— Natsuki, você já brincou de "gulosa"?

— Como? Gu...

— Gulosa! Então você não conhece? Ah, você precisa saber. É uma coisa que todo mundo precisa fazer quando crescer. Hoje vou te dar uma aula especial sobre isso, tá?

O jeito que ele falava era gentil, não muito diferente do tom que usava durante as aulas. Apesar disso, por alguma razão, eu estava com muito medo. Talvez eu só estivesse me sentindo em perigo porque, como dissera minha mãe, eu tinha a mente suja. Fiquei me sentindo metida e com vergonha de ter medo do professor que falava tão alegremente.

— Hoje não é dia de aula, mas eu vou abrir uma exceção e ensinar para você, tá bom? Só que você não pode contar pros outros colegas, hein? É uma aula especial, só para você.

— Tá...

O professor se levantou e veio se sentar a meu lado no sofá.

Minha pele se arrepiou toda, mas continuei calada. Nessas horas em que o professor estava "estranho", ele era muito gentil, mas eu sentia que não dava para saber o que ele faria comigo se eu o contrariasse.

Ele afastou com o pé a mesinha onde estava o chocolate e afagou minhas costas.

— Então, faz assim... Ajoelha aqui no tapete, virada para o sofá. Não, não tão longe assim. Aqui, entre os meus joelhos.

— Mas...

O professor soltou um suspiro.

— Natsuki. Se você ficar de má vontade, vai me deixar bravo... Só estou te dando aula fora do horário do cursinho porque você disse que quer estudar bastante! Então você precisa se dedicar.

— Está bem, desculpe.

Eu tinha dito que queria estudar? Pelo seu tom irritado, quem sabe eu tinha mesmo falado isso, em algum momento. Obedeci, com medo de irritá-lo ainda mais.

— Então, fecha os olhos e abre bem a boca. Bem grande. E não usa os dentes, de jeito nenhum, hein?

Entreabri a boca só um centímetro, temerosa, mas o professor enfiou nela os dedos grossos e me forçou a abrir bastante, como no dentista. Depois de abrir minha boca, os dedos do professor contornaram minha cabeça e seguraram minha nuca.

— Você precisa estudar direitinho, bem-comportada. Entendeu? Se você não se dedicar aos estudos, eu posso ficar bravo... Você não quer me deixar bravo, quer? Você é uma boa aluna.

Eu assenti com a cabeça, aflita, mantendo a boca aberta.

Se eu contrariasse um adulto, seria morta. Se os adultos me expulsassem, eu certamente acabaria morrendo.

"3. Sobreviver, haja o que houver."

O juramento que eu fizera com Yuu envolvia todo o meu corpo, como um encantamento protetor.

Algo quente e escorregadio entrou em minha boca. Tinha um gosto amargo e um cheiro azedo. Afastei os dentes, desesperada. Não sabia o que poderia acontecer se eu desobedecesse às instruções do professor e pusesse os dentes para fora. Seus dedos grossos ainda estavam ao redor do meu pescoço.

De olhos bem apertados, eu não sabia muito bem o que o professor estava fazendo comigo. Entreabri uma fresta de olhos e vi que ele tinha levantado um pouco o quadril do sofá, aproximado a virilha de mim, e fazia um movimento estranho que eu nunca tinha visto antes. Amedrontada, voltei a fechar os olhos.

A respiração do professor foi ficando agitada. O ar morno e úmido que saía de sua boca roçava meu rosto e o topo de minha cabeça.

De repente, um líquido quente se espalhou dentro de minha boca. Perguntei-me se ele teria feito xixi e quis cuspir, mas agora a mão dele segurava com força a parte de trás da minha cabeça e não deixava eu me mexer.

Dei um jeito de torcer o corpo, afastar o rosto e expelir o líquido que tinha entrado em minha boca. O que vi cair sobre o tapete não era xixi nem sangue, mas uma substância estranha parecida com iogurte.

— Não, Natsuki, você tem que engolir, "gulosa"! Assim, ó.

O professor agarrou novamente minha cabeça. Repentinamente, minha visão se distorceu.

Quando dei por mim, eu tinha saído de meu corpo e via, da altura do teto, o professor segurando minha cabeça.

"Nossa, eu fiz uma mágica?", pensei, surpresa. Como eu tinha conseguido isso sem usar o espelho mágico nem a varinha? Apesar de estar fazendo uma mágica tão incrível, eu não sentia nenhuma emoção. Só observava, em silêncio, meu próprio corpo.

Ao ver a maneira como o professor segurava meu crânio e usava minha cabeça como uma ferramenta, compreendi um pouco melhor. Eu achava que ainda não tinha me tornado parte da Fábrica, mas na verdade eu já era uma de suas ferramentas.

Meu corpo estava vazio agora que meu espírito flutuava próximo ao teto, mas o professor continuava a falar com ele.

— Esse tipo de exercício precisa de muita prática, tá? Durante as férias, eu estou sozinho aqui em casa, então vou dar um curso de verão especial, só para você!
— Tá.
Apesar de eu ter saído do corpo e estar lá no alto, meu corpo respondeu, concordando. Fiquei vendo a mim mesma diante do professor.
— Eu estou te dando essa aula como um favor, entendeu? Não conte para ninguém sobre isso. Eu tenho outros alunos, então se descobrirem que eu estou tratando você como favorita e te dando aulas especiais, vou levar uma bronca. E você vai levar uma bronca maior ainda, viu? Afinal, foi você quem ficou insistindo que queria estudar. Não foi?
— Foi.
— E você precisa vir estudar mais vezes. Você pode vir de novo na segunda-feira da próxima semana, não pode?
— Posso.
A semana seguinte era o Obon. Eu não estaria em Tóquio. Mas meu corpo tinha respondido que sim e assentia com a cabeça, enquanto meu espírito assistia do teto.

Voltei direto para casa. Flutuando no ar, assisti a meu corpo andando pela rua.
Não sabia quando que eu conseguiria voltar para dentro dele. Eu só conseguia observar o que acontecia, sem pensar em nada.

Ouvi minha mãe dizendo alguma coisa. Estava indignada, falando que eu tinha desaparecido mais uma vez. Eu estava com muito sono e segui direto para a cama sem responder. Ainda fora do corpo, assisti a mim mesma despindo com cuidado o *yukata*, colocando o pijama e me deitando na cama. No instante em que meu corpo pousou o rosto sobre o travesseiro e adormeceu, minha consciência, que flutuava no ar, também se apagou.

Quando acordei, depois de dormir por muito tempo, minha consciência havia retornado para dentro do corpo.

Uma ânsia de vômito e uma vontade desesperada de tomar banho me invadiram.

Corri até o lavabo no mesmo andar do quarto, mas meu estômago estava vazio e não consegui vomitar nada.

Voltei para o quarto e olhei ao redor, desorientada. O *yukata* e o *obi* que eu usara na cintura estavam cuidadosamente dobrados e todos os botões do pijama estavam fechados. Tudo como eu tinha visto no dia anterior, enquanto pairava no ar.

Eu estava com sede. Lembrei que tinha comprado um suco de laranja no festival e que a garrafa ainda estava na bolsa.

Assim que coloquei na boca o suco, já morno, percebi algo estranho. Ele não tinha gosto. Cheirei, pensando que talvez ele tivesse estragado, mas tinha o cheiro normal e adocicado de suco de laranja.

Achei aquilo esquisito, mas naquela hora tudo o que eu queria era escovar os dentes e tomar banho, então peguei uma roupa limpa e desci as escadas.

Talvez a minha mãe estivesse brava por ter sido ignorada no dia anterior. Eu também não sabia o que tinha acontecido com Shizuka, que eu havia abandonado sozinha no festival. Mas todo o meu corpo me dava nojo e eu segui discretamente para o banheiro, tentando não fazer barulho.

Nessa hora, ouvi uma conversa vindo da sala de estar.

— Este ano eu não quero ir pra Nagano — dizia minha irmã a meu pai, a voz manhosa. — Quero viajar para o exterior!

— Você tem se esforçado tanto, não é, Kise?... — disse minha mãe. — Para o exterior não dá para ir, mas ainda se poderia planejar uma viagem para uma estância de águas termais. Eu também prefiro! A gente vai para Nagano todos os anos, bem que poderíamos variar um pouco.

— É, quem sabe... — meu pai deu uma resposta vaga.

Eu corri para dentro da sala:

— Nãããããããão!! — gritei. — No Obon nós vamos para a casa da vovó! Vamos para Akishina! Nãããããooooo!

— Pare de drama! — gritou minha mãe, mas eu não parei de berrar. — Como você pode ser tão mimada?!

Ela bateu na minha cabeça.

"Preciso sair do corpo, preciso usar aquela mágica para sair do corpo!"

Se eu conseguisse usar aquela mágica, não ia sentir mais nada, ia ficar tudo bem.

— Você só pensa em si mesma! Ontem mesmo, eu estava aqui toda preocupada, achando que você tinha se perdido por aí, e você voltou como se nada tivesse acontecido e foi dormir direto. Você não presta pra nada!

Minha mãe chutou minhas costas. Exatamente do mesmo jeito que minha irmã fazia.

Por mais encantamentos que eu repetisse mentalmente, não consegui sair de dentro de meu corpo como havia feito no dia anterior.

A sola do pé de minha mãe sacudia meu corpo.

Fui arrastada de volta para o quarto, aos soluços.

— E não saia daí enquanto não parar de escândalo! — cuspiu minha mãe, descendo as escadas.

Peguei Piyut na gaveta onde ele ficava e me encolhi abraçada a ele.

"Por favor, quero sair de novo de meu corpo e ir até onde o Yuu está."

Passei um dia inteiro fechada no quarto, repetindo esse encantamento, sem sentir fome.

Quando caiu a noite, coloquei o anel de arame no dedo anelar da mão esquerda e me enfiei sob as cobertas. Apertei os olhos com força para criar a escuridão, mas não vi nenhuma estrela no interior de minhas pálpebras. Adormeci vendo o lado de dentro da pele.

No dia seguinte, acordei com um chacoalhão. Minha mãe estava em pé ao lado da cama, vestida de preto.

— Rápido, vai se arrumar. Nós vamos para Nagano.

— Ãhn? Por quê?

— Seu avô morreu. Ele andava um pouco mal de saúde, mas ninguém imaginava que ele fosse morrer assim, de repente...

Será que eu tinha usado uma magia do mal sem querer?

Será que meu desejo de ir encontrar o Yuu a qualquer custo tinha sido atendido dessa forma?

Aturdida, me perguntei essas coisas ainda deitada na cama.

— Sua irmã pode ir de uniforme, mas e você? Tem alguma roupa preta decente? Ah, pode ser aquele vestido... Bom, de qualquer jeito, se arrume logo. Vamos sair em uma hora.

Tudo o que eu consegui fazer foi assentir com a cabeça.

Quando entramos na casa da vovó, tudo estava completamente diferente dos outros verões.

Na sala do altar havia lanternas de papel que eu nunca vira antes. Não tinha ninguém descansando na sala de estar, todo mundo estava de preto e corria de um lado para outro.

— Vamos deixar as coisas lá no andar de cima e depois cumprimentar o vovô — disse meu pai.

Ele, geralmente tão tímido e à mercê de minha mãe e de minha irmã, hoje estava no controle da situação. Ao ouvi-lo dizer "cumprimentar o vovô", pensei que talvez meu avô ainda estivesse vivo, apenas muito doente, mas não soube como perguntar sobre isso.

Meu avô repousava na sala do altar. Estava deitado sobre o acolchoado branco mais macio que eu já vira na vida. O cheiro conhecido do vovô pairava no cômodo, de leve.

A vovó estava sentada ao lado do travesseiro dele, de preto, com os olhos cheios de lágrimas.

— Kise, Natsuki, vocês vão cumprimentar seu avô?

— Sim — respondi baixinho. Minha irmã continuou taciturna e calada.

— Talvez vocês se assustem um pouco, mas já são grandes, vão conseguir, não é? Vamos lá — incentivou meu pai, erguendo com delicadeza o tecido branco que cobria o rosto do vovô. Ele estava de olhos fechados, com algodão enfiado nas narinas e a mesma expressão de sempre. Tinha o rosto um pouco pálido, mas parecia prestes a despertar a qualquer momento.

— Não está bonito? Ele parece estar sorrindo um pouco... — disse tia Natsuko, secando os olhos com um lenço. Ela tinha um braço ao redor dos ombros da vovó.

— Parece que ele está dormindo... — comentei baixinho.

Meu pai me olhou e fez que sim com a cabeça.

— Apesar de ser meio repentino, foi uma boa passagem.

— Boa passagem?

— Quero dizer que ele morreu em paz. E também que já havia vivido uma vida longa. Ele ficou internado um tempinho, mas morreu enquanto dormia, sem sofrer muito. Deve ser por isso que está com essa expressão tranquila.

— Entendi. Posso encostar só um pouco na mão dele?

— Pode, claro.

Eu apertei a mão do vovô. Ela estava gelada. Já não era mais humana, era só um objeto.

— Eu estou com medo... — disse minha irmã, que estivera calada até então.

— Não fique assim, Kise. Morrer em paz, de velhice, é uma coisa boa. Bom, vamos seguir, tem gente esperando.

Olhei para trás e vi Yuri de uniforme e Ami de vestido preto, ambas com os olhos vermelhos.

Voltei para o hall de entrada e encontrei tia Mitsuko e Yuu, que vestia um blazer preto de mangas compridas.

Nossos olhos se encontraram e Yuu examinou meu rosto com ar preocupado.

Pendurada nele, tia Mitsuko já chorava copiosamente desde a porta.

—Tudo bem, Mitsuko? — consolava Yuu, afagando suas costas, como faria um marido.

— Hoje à noite vai ser o velório e amanhã, o funeral — disse meu pai.

— Puxa, foi muito de repente... — disse minha mãe com um suspiro.

— Ainda tem bastante tempo até a noite e vocês devem estar cansadas, não querem descansar um pouco?

Minha irmã disse que estava passando mal e se deitou sem tirar o uniforme.

— Você não vai dormir um pouco também? — perguntou-me minha mãe.

Eu fiz que não com a cabeça. Estava completamente acesa, não conseguiria dormir. Ainda sentia nos dedos a sensação da mão de meu avô.

Avistei Yuu no jardim, com seu blazer preto.

Escapei discretamente do interior agitado da casa e me aproximei dele.

— Yuu.

Ele se voltou ao ouvir a minha voz.

— Você está bem, Natsuki?

Os braços e pernas do Yuu tinham crescido um pouquinho, mas, em compensação, seu rosto parecia ainda menor. Ele continuava sendo mais baixo que eu e tinha um ar de boneco.

— O que você tá fazendo?

— Colhendo umas flores do jardim. Disseram que vai ser enterro, não cremação. Você sabia?

Eu sacudi a cabeça.

— Não. Como assim?

— Em vez de ser queimado, ele vai ser enterrado no chão.

— Nossa, é mesmo?

Pelos seriados de suspense que eu via na televisão, achava que nos funerais sempre queimavam a pessoa e, depois, os familiares recolhiam os ossos das cinzas usando hashis especiais. Supunha que faríamos o mesmo, e agora não conseguia mais imaginar como seria essa cerimônia.

— A vovó disse que o vovô deve estar se sentindo sozinho e que eu devia pegar umas flores dos canteiros pra fazer companhia pra ele.

— Posso ajudar.

— Não quer pegar uma tesoura?

— Yuu, eu queria te pedir um favor — falei, sem erguer o rosto. — Porque talvez a gente não vá mais se ver.

— O quê?! — exclamou ele, e me olhou surpreso. — Aconteceu alguma coisa? Você vai se mudar pra longe?

— É que... acho que eu não vou mais poder vir pra cá — falei baixinho. Yuu ficou me encarando, perplexo.

— Você encontrou a nave espacial, Yuu?

Ele demorou um momento para balançar a cabeça e responder:

— Não... Parei no santuário no caminho pra cá, mas não achei.

— Bom, então não vai dar tempo. Yuu, eu e você somos casados, né? Eu não tenho muito tempo. Quero que você faça sexo comigo, por favor.

— Quê? — exclamou ele, engasgando.

Eu ignorei seu choque e continuei:

— Por favor. Eu imploro. Antes que meu corpo deixe de ser meu, eu quero estar fisicamente casada com você.

Não consegui evitar que minha voz estremecesse. Yuu estava atônito.

— Mas... isso é uma coisa que os adultos fazem. A gente não consegue.

— ... Yuu, você já teve a impressão de que a sua vida não é sua?

Yuu titubeou um pouco, depois respondeu baixinho:

— A vida das crianças não é nossa. Os adultos é que são donos dela. Se a gente for abandonado pelas mães não consegue comida, nem conseguimos ir para lugar nenhum sem a ajuda dos adultos. Isso vale para qualquer criança. — Ele estendeu a mão para pegar uma flor no canteiro. — Por isso que a gente precisa fazer o que for possível para sobreviver até virar adulto.

Sua tesoura cortou o caule de um girassol. O girassol defunto se aconchegou contra seu peito.

— Sabe o que é... — sussurrei para Yuu, que abraçava o girassol. — É que pode ser que me matem. E aí, antes de morrer, eu queria me casar com você. Casar de verdade, não só como um combinado de criança.

Ele me encarou, surpreso.

— O que aconteceu, Natsuki? Quem vai te matar?
— Um adulto. Homem. Não tem como impedir.
— Não tem ninguém... ninguém que possa te ajudar?
— É um homem forte, então uma criança não conseguiria me ajudar. E os adultos estão todos ocupados demais vivendo a própria vida, não têm tempo de ficar ajudando uma criança. Você sabe como é, não sabe, Yuu?

Ele ficou calado. Uma pétala de girassol caiu de seus braços até o chão.

Eu levantei os olhos e falei:
— Yuu, será que dá para comer aquilo?
— Hum? Comer o quê?
— Ali, ó, aquele girassol mais ao fundo, que já está seco. Será que dá para comer as sementes?

Apontei um girassol escuro e seco.

No fim do verão minha avó sempre enviava sementes de girassol. Eu comia no quintal de casa, durante o outono.

Eu me levantei e passei os dedos pela face do girassol que pendia, murcho. As pequenas sementes se soltaram e caíram sobre minha palma.

— São iguais às que a vovó manda pra gente? — perguntou Yuu, espiando desconfiado as sementes.
— Acho que sim. Você nunca colheu sementes de girassol?
— Não.

Eu coloquei uma na boca.
— Ainda está um pouco verde.

Eu continuava não sentindo o gosto de nada. Não senti o sabor perfumado que eu conhecia das sementes de girassol. Minha boca só me informou a consistência e, por ela, percebi que a semente ainda não estava seca o bastante. Yuu hesitou e levou uma pequena à boca.

— Não está muito gostosa...

— Tem que estar mais seca e crocante — respondi com ar de entendida, apesar de ter sido eu quem resolveu comê-las.

Movendo a boca devagar, Yuu falou:

— Natsuki, eu sou seu marido, então faço o que precisar. Você quer mesmo fazer isso? Se a gente fizer isso, você vai se salvar?

— ... Arrã.

Yuu balançou a cabeça sem entender, mas disse:

— Então tá.

— Tudo bem, mesmo? Você não está concordando por obrigação?

— Tudo. Como seu marido, quero fazer tudo o que puder. — Ele sorriu um pouco.

Eu fitei seu rosto, que ainda estava um pouco abaixo do meu.

— Eu também vou fazer tudo o que puder, como seu cônjuge. Vou te proteger, Yuu!

— O que é cônjuge?

— Você não sabe? É... bem, é alguém que é seu companheiro, é tipo família — respondi, pensando que queria ter um dicionário para explicar melhor.

Yuu sorriu, alegre.

— Entendi! Nós somos marido e mulher, né? Uma família.

— Isso mesmo!

Demos as mãos, escondidos à sombra dos girassóis. Sua mão era macia como a de uma menina.

No dia seguinte, vesti novamente o vestido preto e fui para a sala grande de visitas, onde encontrei meu avô dentro de um caixão.

Naquela sala, onde sempre nos reunimos sentados em almofadas no chão para comer ao redor da mesa, agora estava cheia de tios e tias em trajes de luto, ajoelhados lado a lado em posição formal. Todos assistiam a um monge que entoava sutras. Depois, fizemos fila para acender incensos no altar e, enfim, chegou a hora de levar o caixão.

Seguindo as instruções do tio Teruyoshi — parentes mais próximos para cá, o filho mais velho para lá —, todos se organizaram em suas posições.

— Yuu, quer ajudar a carregar?

Yuu fez que sim com a cabeça.

— Então... acho que seu lugar é aqui. Deixe-me ver... Yota, você é mais próximo na linhagem do que o Yuu, então venha mais para cá.

— Eu também quero carregar! — falei.

Meu pai ficou um pouco surpreso.

— É que você é menina, Natsuki... — interveio tio Takahiro, constrangido.

— Bem, quer colocar a mão, pelo menos? Venha aqui.

Obedeci e encostei uma mão na parte de trás do caixão.

— Pronto. Vamos lá?

Saímos em fila levando o caixão e calçamos os sapatos ao sair pela varanda.

Olhando para trás, vi minha irmã e minha mãe caminhando bem próximas. As tias e os primos vinham atrás de minha avó. Todos de preto, parecíamos uma carreira de formigas.

Levamos o caixão até o pequeno cemitério que visitávamos todo ano no Obon. Havia um buraco retangular aberto no chão.

— Quem cavou esse buraco? — perguntei a meu pai.

Eu não sabia como os tios poderiam ter feito aquilo, pois, no dia anterior, ficaram todos ocupados com o velório até tarde da noite.

— Foram os moradores da vila, todos juntos — respondeu ele.

Nós descemos o caixão para dentro do buraco.

— Vamos nos despedir? — disse tio Teruyoshi.

A tampa do caixão foi aberta.

— Ô pai, o senhor ficou velhinho, hein? — gracejou tio Takahiro, com a voz rouca.

As tias secavam as lágrimas, fitando o rosto de meu avô.

Meu pai espiou o interior do caixão e disse apenas:

— Vai apodrecer logo, no calor do verão...

Fecharam o caixão, e cada pessoa jogou sobre ele uma pá de terra.

Eu estava pensando que aquilo ia dar muito trabalho, quando tio Teruyoshi disse:

— Bom, vamos voltar?

— A gente já pode ir embora? O caixão ainda não está enterrado... — sussurrei para meu pai.

— As outras pessoas da vila terminam para nós — respondeu ele.

Achei curioso, pois não sabia de onde é que saíam essas "pessoas da vila" que faziam de tudo para minha família. Mas concordei sem discutir e voltamos para casa, caminhando em fila como antes.

Quando chegamos, a casa estava cheia de mulheres que eu nunca tinha visto e que estavam preparando um monte de comida. Fiquei muito surpresa ao descobrir que morava tanta gente naquela vila. Depois chegaram ainda mais pessoas desconhecidas, e o banquete se estendeu por horas.

— Quando foi a vez do senhor daquela família ali, a terra demorou muito para baixar.

— É verdade! Mas eu olhei hoje, já baixou direitinho.

Não entendi essa conversa do tio Teruyoshi, então perguntei para o meu pai o que significava "a terra baixar".

— Quando a gente enterra o corpo, fica um morrinho de terra, não fica? Depois o caixão apodrece e a terra abaixa — resumiu ele.

Depois que o banquete principal acabou, colocaram as portas de correr entre as duas salas e deixaram um espaço menor para os parentes mais próximos ficarem, enquanto as outras visitas partiam.

— Bem, agora é hora de beber só com os íntimos! — brincou Teruyoshi, e as tias foram para a cozinha preparar petiscos para acompanhar a bebida.

— Daqui a pouco, vamos passar o *juzu*.[4]

Por volta das nove horas da noite, quando restavam apenas os parentes, começou a roda de *juzu*. Todos se sentaram em um círculo segurando um enorme cordão *juzu*, que eu não conhecia, e entoaram invocações budistas, passando de mão em mão as grandes contas de madeira.

Quando terminamos, todos já estavam cansados de tantas atividades. As tias foram se preparar para dormir, e os tios passaram a tomar chá em vez de bebidas alcoólicas.

— Vocês também devem estar cansados! Vão tomar banho, em ordem — disse uma tia para nós, crianças.

— Tá bom! — respondemos.

Para a fila andar mais rápido, eu e minha irmã fomos juntas para o ofurô. Foi um pouco desconfortável, pois fazia muito tempo que não fazíamos isso. O corpo de

---

4. Cordão de contas usado no budismo, também chamado de "terço budista". Geralmente são pequenos e usados individualmente. Aqui, no entanto, trata-se de um *juzu* muito longo, usado simultaneamente por várias pessoas sentadas em círculo, em uma prática chamada de *juzumawashi*. [N.T.]

minha irmã, com peitos e quadris arredondados, me lembrou das estatuetas pré-históricas de cerâmica Dogu, que eu vira nos livros da escola. Fiquei um pouco amedrontada e me lavei tentando não olhar para o corpo dela. Ela também estava desviando o olhar.

Terminamos o banho e saímos para o corredor ainda em silêncio; encontramos Yuu com uma toalha na mão.

— O ofurô está livre — falei.

— Obrigado — agradeceu ele.

Minha irmã subiu correndo para o andar de cima. Eu fui até a sala dar boa-noite para os adultos que tomavam chá, depois subi também.

Dava para ouvir minha irmã e meus primos ressonando. No meio deles, fiquei encarando a escuridão.

— Ninguém viu você? — sussurrei para Yuu.

Eram duas horas da manhã. Nós dois tínhamos nos esgueirado para fora de casa e ele me esperava escondido entre as flores silvestres diante do celeiro, conforme nosso combinado.

— Não, os tios já estavam todos dormindo.

Eu trazia nas costas a mochila que deixara escondida numa caixa de papelão no hall de entrada. Dentro dela tinha uma lanterna, mas, para não correr o risco de alguém ver a luz, nós caminhamos até a estrada no escuro, de mãos dadas.

— Acho que aqui já está tudo bem.

Tirei a lanterna da mochila e apertei com cuidado o botão.

Não havia postes de iluminação na rua, as únicas luzes vinham da lua e das estrelas. Iluminei com a lanterna a escuridão diante de nossos pés.

— Aonde a gente vai?

— Para algum lugar onde ninguém encontre a gente.

Eu não esperava que estivesse tão escuro. Nas noites em que a gente carregava o fogo do Obon também devia ser escuro assim, mas era completamente diferente com os tios e as crianças iluminando o caminho. O facho de luz de nossa única lanterna clareava apenas um pequeno círculo no chão. Eu mal conseguia enxergar o rosto de Yuu.

— Pra que lado será que a gente vai?

— Shh... Estou ouvindo barulho de água — disse Yuu.

Escutei com atenção e, de fato, ouvi o som de água correndo.

— Então vamos pro lado do rio.

Fomos em direção ao rio, nos guiando apenas pelo ruído da água. Nós chamávamos de rio, mas era apenas um riacho que batia na altura dos tornozelos.

Àquela hora, o barulho da correnteza era muito alto.

— Cuidado pra não cair dentro do rio.

— Você também!

Entreguei a lanterna a ele e nós caminhamos lado a lado, acompanhando o som da água.

Quando achei que já tínhamos caminhado por muito tempo, sussurrei:

— Onde será que a gente está?

— Não sei. Se eu levantar o facho da lanterna, pode ser que alguém veja... E aí também não dá pra ver direito onde a gente pisa...

— Empreste pra mim um pouco.

Peguei a lanterna de suas mãos e corri o facho de luz ao nosso redor. Mas não dava para ver nada, como se estivéssemos dentro de um buraco completamente negro. Percebi apenas que estávamos perto de um campo cheio de brotos verdes de arroz, mas não vi nenhuma referência conhecida.

— Será que a gente desceu até o pé da montanha?

— Não, imagine... Ah! Já sei — exclamou Yuu. — A gente está perto do túmulo do vovô.

— O quê? Não acredito!

Eu achava que tínhamos caminhado até muito mais longe, mas estávamos perto do cemitério onde meu avô fora enterrado naquela tarde, no meio dos arrozais.

— E agora?

— Quer ir até o túmulo? Se a gente continuar em frente, não sei onde vai dar...

— Tá.

Caminhamos com cuidado pela trilha que dividia os arrozais, em direção ao cemitério.

Diante do túmulo, havia uma área de terra exposta.

— É verdade, a terra ainda não baixou... — comentei, ao ver que ela formava um morrinho.

— Como assim, não baixou?

— Disseram que, quando o caixão apodrecer, o lugar onde tem esse morrinho vai ficar plano.

— Ah, é mesmo?

Demos as mãos, sem saber por quê. Talvez estivéssemos com um pouco de medo, ali diante do lugar onde o cadáver de nosso avô estava enterrado.

Com o som do riacho e o roçar dos brotos no arrozal, eu me sentia parada ao lado de um grande mar escuro.

— Foi aqui que a gente se casou, né?... — murmurou Yuu.

— Vamos fazer aqui?

— Aqui?!

— Você está com medo? — perguntei. Nem eu mesma saberia dizer medo de quê.

Yuu pensou um pouco, depois respondeu:

— Não, não estou. Porque estou com meu cônjuge.

Sentamo-nos lado a lado num pequeno espaço próximo ao túmulo. Com a ajuda da lanterna, tirei de dentro da mochila um tecido grande que eu tinha encontrado no sótão e uma vela. Peguei também um livro de educação sexual que eu emprestara da biblioteca.

— Que livro é esse?

— Ele conta como se faz sexo. Eu peguei na biblioteca.

— Puxa...

Quando saquei da mochila uma espiral contra mosquitos, Yuu se admirou:

— Você veio bem preparada, hein?

Coloquei a vela e a espiral lado a lado e as acendi com um fósforo. Na luz difusa que se espalhou, eu finalmente consegui vislumbrar o rosto de Yuu.

Tiramos os sapatos e ficamos em pé sobre o pano.

— Parece que a gente vai brincar de casinha — murmurou ele.

— Yuu, parece que eu é que sou extraterrestre. Quero tocar você com todas as partes do meu corpo, fora a boca.

— Por que fora a boca?

— Então, é que... Outro dia, quebraram minha boca. Aí agora ela não é mais minha, eu não sinto mais o gosto de nada. Mas as outras partes, tudo bem. A palma das mãos, os pés, o umbigo, tudo isso ainda é meu, então posso encostar em você com esses pedaços.

— Entendi.

Yuu devia estar acostumado a me ouvir dizer coisas meio estranhas, então só concordou e não perguntou mais nada sobre minha boca.

Para começar, experimentamos dar um abraço. Yuu tinha o cheiro do sabonete de tangerina do ofurô de minha avó.

— Quero ficar mais perto de você.

Eu tinha a ideia vaga de que fazer sexo significava "ficar bem perto".

Pressionei toda a pele exposta de meu corpo contra a pele de Yuu. Sua pele era macia, tão diferente das mãos duras do professor que os dois pareciam ser de espécies diferentes. Fiquei aliviada.

— Quero ficar mais perto ainda — sussurrei, ansiosa.

O canto dos insetos e dos sapos era tão alto que quase encobria minha voz. Fiquei preocupada se Yuu tinha me escutado, mas ele respondeu:

— Mesmo já estando tão perto assim?

O hálito morno que saiu de sua boca fez cócegas em meu ombro.

— Você já pensou alguma vez que queria entrar dentro da pele de outra pessoa?

Ainda com o rosto pressionado contra meu ombro, Yuu respondeu:

— Não, nunca pensei.

— Posso chegar mais perto? — perguntei, agarrada a ele.

Yuu pensou um pouco, depois disse:

— Arrá, pode ficar tão perto quanto você quiser.

Agarrei sua camisa, embaixo da jaqueta. Ainda me pareceu longe demais, então abri os botões e pressionei meu rosto contra sua pele.

— Assim ficou um pouco mais perto?

Apertando a orelha contra o peito dele, escutei seu coração batendo.

— Dá pra ouvir sua voz pelo lado de dentro.

— É mesmo?

— É. Quando você fala, sinto seus músculos se mexendo e ouço sua voz aqui dentro.

— Que esquisito!

Yuu deu risada, e esse som também ecoou no interior de seu peito.

O lado de dentro da pele de Yuu ressoava. Eu queria desesperadamente alcançar esse lugar.

— Quero ficar mais perto — sussurrei, como num delírio.

— Mais ainda? — perguntou Yuu, um pouco confuso.

Tirei a blusa e o sutiã e me agarrei a ele.

— Assim ficou um pouco mais perto do que antes.

— Que bom.

Eu sentia bem de perto o calor do seu corpo. Toquei seu pulso e senti as veias se movendo sob a pele macia.

— Quero encontrar o Yuu que fica do lado de dentro. Quero chegar do outro lado de sua pele — murmurei.

— Natsuki, você fica repetindo isso, mas como você poderia ficar ainda mais perto do que isso?

Com um beijo, daria para entrar do lado de dentro da pele dele. Será que era por isso que os adultos se beijavam? Eu nunca suspeitara que houvesse um sentido tão animal para os beijos românticos que eu via nas revistas de mangá para meninas.

Mas não dava para eu fazer isso, porque minha boca já estava morta.

— Será que dá pra se beijar com outra coisa que não seja a boca? — perguntei.

— Tipo a testa ou a bochecha? — disse Yuu.

— Mas aí a gente também teria que usar a boca.

— Ah, é...

De repente, me dei conta de que, no corpo de Yuu, havia mais um lugar onde as vísceras ficavam expostas.

— Yuu, se você colocar um órgão seu dentro do meu corpo, será que você vai estar dentro da minha pele?
— Órgão?
Quando eu expliquei o que eu queria dizer, ele pareceu surpreso.
— Mas isso é sexo, não é?
— É, ué. Isso que eu estou falando pra gente fazer, desde o começo.
Apesar de falar assim, eu estava com medo. E se o pênis de Yuu fosse uma coisa suja, como o do professor?
Porém, o que apareceu quando Yuu se despiu era completamente diferente. Era pálido e lembrava um broto de planta. Fiquei aliviada.
— Se a gente colocar isto dentro do meu corpo, será que eu vou conseguir ir pra dentro da sua pele?
Yuu inclinou a cabeça para o lado.
— Não sei... Será que dá pra fazer isso? — respondeu ele, nervoso.
Juntos, nós buscamos a víscera que deveria estar entre as minhas pernas. Quando a encontramos, rompemos juntos a membrana para abrir o buraco e inserimos lentamente o órgão de Yuu lá dentro.
Nesse momento, aconteceu uma coisa curiosa.
Apesar de nós estarmos conectados só por uma parte dos órgãos, eu estava nadando no interior do corpo de Yuu.
— Deu certo! Consegui entrar dentro da sua pele — sussurrei, com a voz rouca. Yuu parecia estar sofrendo.

Aos poucos, as palavras foram desaparecendo e restou apenas nossa respiração.

Estávamos nadando, um dentro do corpo do outro.

O canto dos insetos e o som da relva acompanhavam o ritmo de nossa respiração.

— Tenho a impressão de que fui pra muito longe — consegui expressar em palavras. — Parece que estou, junto com você, num lugar muito distante e muito próximo.

Yuu parecia estar se afogando em minhas vísceras. Saliva transparente escorria de sua boca escancarada. Toquei a água que saía de dentro dele.

Desde que nasci, eu sempre quis vir para este lugar, pensei. Eu tinha chegado a um lugar muito mais distante, que não era Akishina, nem a cidade branca, nem uma nave espacial.

O alívio era mais forte do que a dor. Nossas vísceras se fundiam fazendo um barulho molhado. Dentro de nossos ventres, nós devorávamos, em silêncio, o calor do corpo um do outro.

Eu ouvia o ressonar regular de Yuu. Nós dois tínhamos adormecido, sem perceber.

Ergui o corpo devagar e me sentei, tomando cuidado para não acordá-lo. Quando fiz isso, o órgão que brotava dele escorregou para fora de mim.

Busquei dentro da mochila.

Lá estavam os comprimidos que eu roubava, de vez em quando, da bolsa de minha mãe. Era um remédio que ela tomava quando não conseguia dormir. Eu roubava sempre dois comprimidos de cada vez e guardava dentro de uma embalagem vazia de balinhas, onde ninguém ia descobrir.

Em breve, todo o meu corpo seria morto, não só a boca, e eu seria transformada em uma ferramenta para os adultos. Eu tinha decidido, já fazia algum tempo, que antes de isso acontecer eu me mataria.

Quando saí de casa, já estava decidida a morrer e não voltar mais para lá. Talvez pudessem até aproveitar, reabrir o mesmo buraco e me enterrar junto com meu avô. Assim seria mais conveniente para os adultos do que ter que cavar um buraco novo, ou me cremar.

Os comprimidos, que preenchiam cerca de metade do potinho de balas, pareciam com os doces originais. Coloquei tudo na boca e tentei engolir com ajuda de um suco.

— Natsuki? — Yuu falou baixinho. — O que você pôs na boca?

Queria responder que eram balas, mas, com a boca cheia de comprimidos e suco, não consegui falar. Olhei para Yuu, que estava pálido. Ele enfiou os dedos em minha boca e tirou os comprimidos.

— Cospe tudo! — gritou ele. Pelo jeito, tinha percebido que não eram balas. — Rápido, Natsuki! Cospe tudo!

Seus dedos entraram em minha boca de novo, para limpar os comprimidos que já tinham começado a se dissolver.

Quando tentei engolir a saliva que se acumulava, ele gritou novamente:

— Não engole nada!

Alarmada pela sua fúria, eu fiquei imóvel, com a boca cheia de saliva. Yuu me entregou a garrafa de suco:

— Faz um bochecho com isso aqui e cospe tudo — disse ele, severo. — Não engole nem uma gota!

Eu limpei a boca com o suco e cuspi tudo sobre o capim.

—Você não engoliu nada? Nem um pouco? — perguntou ele, várias vezes.

Eu fiz que não com a cabeça.

— Mitsuko fez a mesma coisa, uma vez. O médico deu um remédio pra ela, e ela tomou todos de uma vez só.

— A tia Mitsuko? — finalmente consegui falar.

Yuu assentiu.

— É por isso que eu tenho que ser uma ferramenta, para ajudar Mitsuko a sobreviver.

— Yuu... — minha voz falhou. — Yuu, quando você vai voltar pro espaço?

Ele olhou para o chão.

— Acho que eu não vou conseguir voltar pra casa. Não encontro a nave espacial em lugar nenhum.

Seu rosto estava encoberto pelo escuro da noite e eu não conseguia vê-lo direito.

— Nós vamos ter de fazer tudo o que for possível para sobreviver, Natsuki.
— Até quando? — sussurrei, contendo a vontade de gritar. — Até quando a gente tem de sobreviver? Quando é que a gente vai poder só viver, em vez de sobreviver?
— Quando a gente for adulto.
— Mesmo?
— Com certeza.
Quis argumentar que tia Mitsuko era adulta e mesmo assim precisava sobreviver para continuar viva, mas me contive.
— Por isso, me promete que você vai sobreviver até virar adulta.
— ... Tá, eu prometo.
Yuu ergueu o rosto, aliviado, e no mesmo instante uma luz muito forte nos envolveu.
— O que vocês dois estão fazendo?! — berrou minha irmã.
Nós nos abraçamos, ainda nus.
— Aqui, aqui! Rápido!!
Ouvimos um tropel de passos e um círculo de luzes se formou ao nosso redor.
Por algum motivo, eu estava muito calma. Yuu, a meu lado, também parecia tranquilo. Ele permaneceu imóvel, só estreitou um pouco os olhos ofuscados pelas luzes.
Os adultos correram para cima de nós, tresloucados.

— Mas o que... o que vocês estão fazendo? — conseguiu dizer tio Teruyoshi. Sua voz estava rouca e ele parecia perturbado.

— Sexo, tio, você não conhece? — respondi e imediatamente senti um impacto violento no rosto. Ergui os olhos e percebi que meu pai tinha batido em mim.

— Levem os dois de volta pra casa e tranquem eles lá!

Fui arrancada de perto de Yuu e jogada para dentro do celeiro.

Vi por um segundo Yuu apanhando enquanto era arrastado pelo arrozal.

Meus tios, minhas tias, meu pai e minha mãe: estavam todos num alvoroço como eu nunca tinha visto. Isso tudo me pareceu ridículo e me deu vontade de rir.

— Agora você vai ficar aqui, bem quietinha! — gritou meu pai.

— Eu estou calma. Vocês é que estão fazendo escândalo — falei, segurando o riso.

— Não tente bancar a espertinha! Você vai ficar aí até de manhã para esfriar a cabeça e, assim que o dia raiar, a gente vai voltar para casa.

— Por que vocês estão tão nervosos, pai?

Minha mãe, que estava agitada atrás de meu pai, gaguejou:

— Como assim, "por quê"?!

— Qual é o problema de eu e Yuu fazermos sexo?

— O problema é que vocês... vocês são crianças!

— E crianças não podem fazer sexo? Mas tem um monte de adultos que querem fazer sexo com elas. Por que elas não podem fazer entre si?

— Natsuki! — Meu pai bateu em minha cabeça. Eu perdi o equilíbrio e cambaleei para o interior do celeiro, mas continuei rindo.

— Sua pervertida! — gritou minha irmã, que estava escondida ainda mais ao fundo do que minha mãe. — Uma pirralha dessas! E com um primo, ainda por cima!

— Fique aí e reflita sobre suas ações, Natsuki — disse minha mãe, em tom de sermão.

— Não preciso refletir sobre nada. E nem tenho medo do escuro!

Minha mãe veio para cima de mim com um grito estridente, mas meu pai a conteve:

— Deixe-a aí por um tempo. De manhã, vai estar arrependida.

A porta do celeiro se fechou e tudo ficou completamente escuro. Ouvi meus pais falando do lado de fora.

— Como isso foi acontecer? E logo depois do funeral…

— A gente não pode mais trazer essa menina para cá. Ela nunca mais pode ver Yuu.

— Eu sempre achei perigoso, esses dois. Ai, que horror! — exclamou minha irmã, bem alto.

— Por que essa Natsuki deu para se rebelar, assim, de repente?!

— Isso é culpa é dos amigos da escola. Ela não saberia essas coisas por conta própria.

Os adultos lamentavam minha falta de obediência. Era cômico.

Um homem adulto podia usar uma criança para aliviar seus desejos sexuais, mas, se crianças fizessem sexo por vontade própria, todo mundo ficava desesperado. Não dava para não rir. "Vocês mesmos não passam de ferramentas do mundo! Agora, neste momento, meu útero é só meu." Até eu ser morta pelos adultos, meu corpo seria todo meu.

— Gente, e se ela engravidar?

— Ah, não pode ser...

Minhas tias estavam alvoroçadas. Se eu engravidasse, seria tão bom... Mas Yuu ainda não devia ter tido a "semenarca" sobre a qual eu aprendera na escola. No corpo dele não havia nenhuma substância pegajosa como a que saiu do professor Igasaki.

Os adultos, submissos ao mundo, ficaram abalados ao ver que nós não estávamos mais nos submetendo.

Eles estavam anestesiados. Era como se não guardassem nenhuma memória de antes da anestesia. Vendo-os tão enlouquecidos, eu tinha a impressão de que eles estavam sob influência de algum feitiço.

Fiquei no escuro, sem dormir, até a noite chegar ao fim.

A porta do celeiro se abriu, meus pais e minha irmã apareceram carregando nossas malas, agarraram meus braços e me puseram em pé.

— Vamos pra casa.

O céu estava começando a clarear.

Queria perguntar onde estava Yuu, mas não o fiz, pois sabia que ninguém me responderia.

Foram me arrastando descalça, com os pés cobertos de terra.

— E meus sapatos?

Meus mocassins pretos voaram na minha direção, sem ninguém dizer nada.

Minhas coxas e meus joelhos continuavam sujos de terra. Meu pai sempre ralhava dizendo para não entrarmos sujas no carro, mas, naquela manhã, ele me empurrou desse jeito mesmo para dentro do automóvel.

Minha irmã e minha mãe sentaram-se no banco de trás, comigo ao centro. Uma vez que o carro estivesse em movimento eu nem teria como fugir, mas, apesar disso, minha mãe agarrou meu braço com tanta força que doeu até os ossos.

O carro partiu. Voltei o olhar só por um segundo para a casa principal. Vi um vulto em uma janela, mas não dava para saber quem era.

Seguimos em silêncio pela rodovia, até que minha irmã disse que queria ir ao banheiro e paramos em uma área de descanso.

— Também preciso ir — falei.

— Não vá tentar nenhuma bobagem — disse minha mãe. Ela me acompanhou até o banheiro e ficou esperando diante da porta da cabine.

Entrei na cabine e tirei o sapato. Tinha me lembrado de quando costumávamos brincar de caça ao tesouro com Yota e os primos. Alguém escondia uma concha ou uma pedrinha em algum lugar da casa e procurávamos todos juntos. Yuu era quem escondia melhor e eu era quem achava mais rápido.

Desde que calçara os sapatos, naquela manhã, estava sentindo um leve incômodo em um dos pés. Tirei a palmilha. Como desconfiava, encontrei um tesouro deixado por Yuu. Ele havia escondido lá dentro durante a noite.

Votos de Casamento

Nós prometemos:

1. Não dar a mão para mais ninguém
2. Sempre colocar o anel na hora de dormir
3. Sobreviver, haja o que houver

Natsuki Sasamoto
Yuu Sasamoto

Eram nossos votos de casamento. Yuu os guardara por todo esse tempo. No canto do papel havia um adendo apressado, com sua caligrafia:

"Não quebre as promessas!"

De costas para a porta da cabine, eu fechei os olhos e me agachei. Dentro das pálpebras estava escuro. Ainda restava, no meio de minhas pernas, a sensação de quando eu conectara minhas vísceras às de Yuu na noite anterior.

O lado de dentro de minhas pálpebras tinha a mesma cor do espaço sideral em que eu mergulhara com ele. Fiquei olhando essa escuridão, me segurando para não deixar escapar nenhum som.

3

Senti uma coisa no tornozelo e olhei para baixo achando que era um inseto, mas era só o cadarço do tênis que tinha desamarrado. Deixei assim mesmo, por preguiça de soltar as sacolas de supermercado que trazia nas mãos, e recomecei a andar.

Estava voltando para um prédio de apartamentos perto da estação de trem, a quinze minutos da casa onde eu crescera.

Três anos antes, quando me casei, aos trinta e um anos, meus pais insistiram que nós alugássemos um apartamento no mesmo subúrbio residencial de Chiba em que eu havia nascido e crescido. Na época, eu me opus, dizendo que seria cansativo ter de ir de Chiba até Tóquio para trabalhar todos os dias e que eu achava deprimente tudo continuar igual. Mas, três anos depois, até que aquela localização me parecia conveniente, próxima da estação e de supermercados.

Ajeitei as alças das sacolas plásticas que afundavam na palma das minhas mãos e pensei que devia ter deixado para comprar água mineral pela internet, como de costume. Eu tinha me deixado levar por uma promoção e comprado duas garrafas.

Saíra com um sobretudo leve naquela manhã, pois um vento frio entrava pela porta da varanda, mas agora, caminhando, estava com calor. O sol ainda estava forte, apesar de já ser quase outubro.

Finalmente alcancei meu prédio e entrei no apartamento.

— Cheguei!

— Oi! — Meu marido, que estava mexendo com as plantas na varanda, espiou por entre as cortinas. — Acho que a terra dessa aqui, de caule grosso, está bem seca.

— Ah, essa aí não precisa mais regar até a primavera. Li num livro que, quando o clima começa a esfriar, ela perde todas as folhas e hiberna. Depois brota de novo, quando chega a primavera.

— Nossa, é mesmo? As plantas são incríveis…

Meu marido tinha um temperamento singelo e se comovia com qualquer coisa. Ouvindo minha explicação, olhou para a planta com a admiração de quem está diante da estátua de uma grande personalidade e tocou seu caule com a ponta dos dedos.

— Se você estivesse em Akishina, não ficaria falando assim que as plantas são incríveis, sabia? Lá, elas estão sempre a um passo de engolir tudo. Se você não tomar cuidado, a natureza invade as casas e as plantações.

— Eu sempre me impressiono quando você fala de lá! Toda a minha família é de Tóquio, até meus avós, então essas histórias parecem um sonho. Queria muito conhecer essa casa algum dia…

Meu marido adorava ouvir sobre Akishina. Ele entrou da varanda para a sala e pediu, contente:

— Conte mais alguma coisa... Ah, é! Fale do quarto dos bichos-da-seda!

— Isso foi meu tio quem me contou, eu nunca vi pessoalmente... Mas, bem, era um dos quartos do andar de cima. Não é muito grande, mas era lá que começava a criação. Segundo meu tio, eles colocavam vários cestos de bambu com os bichos-da-seda. No começo, os bichos ficavam só nesse quarto, mas depois iam comendo folhas de amoreira e crescendo, até tomarem a casa inteira...

Meu marido escutava as histórias sobre Akishina encantado, como quem ouve contos de fada. Desse jeito, eu também me entusiasmava e acabava falando sobre as coisas que meu tio me contara como se eu mesma tivesse presenciado tudo.

— Ah, sim! E na primavera sempre compravam cinco pintinhos para criar como galinhas poedeiras. E aí, depois de uns dois ou três anos, destroncavam as galinhas para cozinhar, no Ano-Novo ou no Obon.

— Se faziam isso no Obon, você também comia?

— Hum, será? Acho que quando eu era criança já não criavam mais galinhas em Akishina.

— É maravilhoso! Desse jeito, você está realmente recebendo uma vida como alimento. Eu nunca vi carne sem ser embalada em uma bandeja de supermercado. Crescer em Tóquio é uma droga, você não aprende as coisas mais importantes.

O anseio pela vida no campo típico das pessoas de cidades grandes parecia ser mais intenso no caso de meu marido, Tomoya. Eu achava relaxante contar aquelas lembranças saudosas para um ouvinte tão enlevado, pois, na casa de meus pais, praticamente não se mencionava Akishina. Coloquei uma panela de água para ferver enquanto conversávamos.

— O que você vai comer hoje?

— Estava pensando em fazer uma massa italiana, mas acho que vou fazer macarrão *soba*. Essa conversa me deixou com vontade. Meu tio contou que, quando eles matavam as galinhas, costumavam fazer um caldo com cebolinha e cogumelo shitake e comer com *soba*. Me lembrou aquele caldo de pato, *kamonanban*.

— Puxa, devia ser muito gostoso.

Coloquei na panela uma porção individual de *soba*. Mesmo aos fins de semana, eu e meu marido não costumávamos dividir as refeições. Esse era mais um motivo pelo qual eu achava que aquela parceria era muito confortável.

Geralmente, Tomoya comprava algum bentô ou oniguiri em lojas de conveniência. Ele disse que nunca gostou da comida de sua mãe e, por isso, evitava comer comida caseira. Eu fazia o mesmo quando estava cansada, mas muitas vezes cozinhava alguma coisa simples, como macarrão.

— Acho que vou tirar uma soneca — disse ele.

— Tire, sim. Aproveite sua folga.

— Tá bom.

Por mais que eu desejasse ter me afastado daquela cidade onde cresci, uma das vantagens de morar ali era que, mesmo nos apartamentos próximos à estação, o aluguel era barato. Assim, apesar de não termos filhos, nós vivíamos em um apartamento de dois dormitórios e tínhamos um quarto para cada um.

Com cara de sono, meu marido tomou um copo de água mineral gelada e foi para o quarto dele. Eu quase nunca entrava lá, mas já tinha visto de longe que ele tinha estantes cheias de livros e alguns bonecos de ação, que colecionava desde pequeno. Nós dois sempre acabávamos nos enfurnando cada um no seu quarto. Mas, naquela casa, ninguém reclamava disso, como quando eu era criança, então não era de todo mal.

Sentei-me à mesa para comer o *soba* que eu preparara com base nas narrativas de meu tio e de minha imaginação. Não tinha gosto. Pela janela que Tomoya deixara aberta, soprou um vento com perfume de outono que agitou a toalha de mesa.

Meu marido trabalhava em um restaurante em Tóquio e eu fazia serviços administrativos em uma locadora de material de construção, como funcionária terceirizada. Meu contrato era temporário e havia acabado pouco antes. Eu estava procurando um novo emprego sem muita pressa, pois tinha algumas economias.

Se eu passasse muito tempo sem trabalhar, ficaria difícil justificar o intervalo nas entrevistas de emprego, então meu plano era parar por no máximo duas semanas, como férias de outono. Nessa última empresa o serviço era cansativo, com muitas horas extras, e agora eu estava feliz de poder passar os dias inteiros em casa, tranquilamente.

O problema é que várias amigas minhas ainda moravam ali, no bairro onde haviam crescido. Algumas eram solteiras e continuavam na casa dos pais, mas, como nós, muitas de minhas antigas colegas de escola tinham alugado ou financiado um apartamento em algum dos inúmeros prédios novos em frente à estação, construídos para jovens famílias. Diziam, em coro, que ali era mais fácil encontrar vagas nas creches e que estar perto da casa dos pais ajudava muito na hora de criar os filhos. Ao ouvir essas coisas, sentia que aquele lugar era mesmo uma fábrica ideal para produzir filhos, como eu desconfiava quando era criança.

Havia uma rede de informações entre as antigas colegas, pela qual as novidades circulavam muito rápido. Pouco depois que meu contrato acabou, recebi uma mensagem de Shizuka.

> Natsuki! Há quanto tempo ♪ Encontrei sua mãe no mercado esses dias, ela falou que você tá de férias ☆ Eu também larguei o emprego, agora tô trabalhando só meio período ♪ Não quer vir almoçar alguma hora? Tô livre toda terça!

A ideia me deu preguiça, porque só queria relaxar e aproveitar meu descanso, mas respondi: "Oiii ♫ Tudo bom? Eba, eu quero! Levo um bolinho ☆"

Desde criança eu tinha essa mania de imitar o jeito de escrever e os *emojis* da pessoa com quem estivesse falando. Shizuka não usava tantos *emojis*, mas gostava de estrelinhas e de notas musicais, então respondi com esses. Não tinham nenhum grande significado, mas eu sentia que, fazendo isso, diminuía minhas chances de causar algum desconforto a outra pessoa. Uma mensagem entusiasmada demais seria cansativa e, por outro lado, uma mensagem muito simples poderia soar fria.

Shizuka morava em um prédio muito alto, próximo ao nosso. Fizemos o ensino médio e a faculdade em lugares diferentes e passamos bastante tempo sem nos falar, mas, desde que se casara e voltara a viver em nossa cidade natal, seis anos antes, ela me escrevia de vez em quando.

Eu achava suas mensagens um pouco chatas, mas não tinha muitos amigos, então me tranquilizava ao recebê-las. Tinha a impressão de que, sem isso, eu e meu marido seríamos deixados para trás pelo mundo inteiro.

Combinamos rapidamente uma data e, na terça-feira seguinte, dois dias depois, fui visitá-la.

Toquei a campainha de sua casa levando nas mãos um bolo comprado no shopping em frente à estação. Depois de casada Shizuka usava maquiagem mais carregada, mas me recebeu com um sorriso cândido igual ao de quando éramos crianças.

— Oi, entre! Que saudades, Natsuki!

Ela estava mais exagerada do que antes. Recebeu o bolo com grandes exclamações de alegria e me convidou para sentar na sala.

Um bebê produzido por ela dormia em um berço ali na sala de estar. A casa de Shizuka sempre me fazia lembrar do quarto dos bichos-da-seda em Akishina. A imagem de seu bebê no berço se sobrepunha à imagem dos bebês de bichos-da-seda que, segundo me disseram, ficavam enfileirados naquele quarto. Eu me perguntava se não haveria, também em nosso caso, alguma mão gigantesca e invisível nos obrigando a se reproduzir.

— Como andam as coisas?

— Nada de novo... Só estou pensando que, para o próximo contrato, vou procurar alguma empresa mais perto de casa.

— Ah, sim, faça isso! Daqui a pouco vocês vão começar a pensar em filhos, né? Então é melhor procurar uma empresa que não tenha muita hora extra, viu? Você precisa equilibrar o trabalho e os serviços de casa, senão vai ficar exausta antes mesmo de ter filhos.

— Bem, eu e meu marido dividimos os serviços domésticos, cada um cuida do seu.

Expliquei para Shizuka que até as roupas eram lavadas separadas, e ela suspirou:

— Ah, então seu marido ajuda nas coisas de casa... Que maravilha!

— Você acha?

Em casa, cada um limpava o próprio quarto e, quando usávamos as áreas comuns, como a sala, a cozinha e o banheiro, tínhamos vinte e quatro horas para deixar tudo arrumado como antes. Estabelecemos essa regra para garantir que a louça e a faxina das áreas comuns não pesassem demais para nenhum dos dois, já que era habitual comermos separados. No começo, o prazo era de doze horas, mas eu sou do tipo que prefere dormir logo depois de comer, então não aguentei e pedi mais tempo.

Talvez fosse diferente se tivéssemos filhos, mas, com essas regras simples, nós convivíamos muito bem. Shizuka parecia achar essa situação terrivelmente invejável.

— Acho que seu marido daria um bom pai, Natsuki!
— Hahaha.

Escondi discretamente a barriga com o guardanapo que tinha no colo, tentando escapar da sondagem de Shizuka.

Ela sempre tentava sondar se eu não estava grávida. Reagia ao menor sinal, como eu tomar um chá sem cafeína ou recusar uma bebida alcoólica, e sempre fazia questão de dizer coisas como "eu sei que, geralmente, a gente só conta no segundo trimestre…".

Pedi mais um café expresso, para garantir que ela não criaria nenhuma suspeita. Shizuka levou minha xícara para a cozinha com um ar um pouco decepcionado.

— Sei que eu estou me adiantando um pouco, mas se alguma hora você precisar de ajuda para escolher um berçário, ou um bom médico, esse tipo de coisa, é só falar, tá? Nessas horas, informação é ouro!

— Obrigada! Mas no momento não está nos planos...

— É mesmo?... — disse ela. — Bom, não quero me intrometer no seu casamento, mas, se for para ter filhos, quanto antes melhor, sabe? Ah, é mesmo: uma amiga minha está fazendo um tratamento para fertilidade e disse que é uma clínica muito boa. Se interessar, eu pego o nome com ela! Também tem um remédio chinês bom para essas coisas, você já ouviu falar? — Shizuka forçou um sorriso.

Shizuka tinha mudado, mas continuava igual. Mesmo depois de adulta, continuava tendo grande fé no mundo. Ela sempre fora muito dedicada a aprender a ser "mulher", uma aluna exemplar. Era impressionante, ao mesmo tempo que parecia exaustivo e penoso para ela.

Quando chegou a hora de Shizuka ir buscar seu filho mais velho na creche, ela saiu com o bebê no colo e eu voltei para casa. Estava exausta. Sem entrar na sala, fui direto para o quarto e me deitei na cama.

Eu tinha apenas ido almoçar e comer um bolo na vizinhança, nada mais, mas ficara estranhamente esgotada. Levantei-me devagar e abri o armário para tirar o vestido e me trocar para dormir. Lá dentro, estava uma pequena lata que tio Teruyoshi tinha achado no celeiro em Akishina e me dado, quando eu era criança. Abri-a com delicadeza depois de tirar o vestido.

Dentro dela estava o cadáver encardido de Piyut, o papel amarelado com os votos de casamento e o anel de arame.

— Powapipinpobopia — sussurrei baixinho.

Tive a impressão de ver o anel brilhar de leve, em resposta a essa palavra que soava como um encantamento.

Minha vida mudou completamente depois do que aconteceu entre mim e Yuu.

Meu pai, que sempre fora calado, praticamente deixou de falar comigo, enquanto minha mãe e minha irmã me vigiavam em turnos.

Não permitiram que eu fosse morar sozinha mesmo quando entrei na faculdade, nem depois, quando comecei a trabalhar.

— Não dá pra saber o que você vai aprontar se não tiver ninguém te vigiando, e minha obrigação é garantir que você não vai desonrar o nome da família Sasamoto.

Quando, já formada, comecei a trabalhar com contratos temporários e disse que gostaria de sair de casa, foi isso o que meu pai respondeu, sem olhar em minha direção. Enquanto eu cumpria a sentença interminável a que fora condenada, eles continuavam esperando que eu me tornasse uma peça da Fábrica.

Eu pressentia que não seria capaz de ser uma peça satisfatória. Meu corpo continuava quebrado e, mesmo adulta, nunca consegui ter relações sexuais.

Fazia três anos que, na primavera do ano em que fiz trinta e um anos, tinha me inscrito em um site chamado "rotadefuga.com". Era uma plataforma onde se reuniam pessoas que queriam escapar dos olhares da sociedade em questões diversas, como matrimônio, suicídio ou dívidas, para que buscassem ajuda ou outras pessoas em situações semelhantes.

Entrei na seção "Matrimônio", selecionei os itens "sem relações sexuais", "sem filhos" e "casamento no civil" e busquei um parceiro.

> Homem, trinta anos/residente em Tóquio.
> Busco com urgência alguém para me casar, a fim de escapar da vigilância da família. Um casamento frio, com divisão total das tarefas domésticas, finanças separadas, quartos separados. Absolutamente nenhuma atividade sexual e nenhum contato físico maior do que aperto de mãos. Dou preferência a mulheres que evitem expor o corpo nas áreas comuns da casa.

Entre os muitos homens que tinham selecionado a opção "sem relações sexuais", este me chamou a atenção por descrever as regras de forma tão minuciosa. Se eu ia me casar com um total desconhecido contando apenas com sua promessa de que não haveria sexo, preferia alguém que me desse poucas razões para me preocupar. Mandei rapidamente uma mensagem, nos encontramos duas ou três vezes em um café e, por fim, concordamos em estabelecer o matrimônio. E, assim, esse homem se tornou meu marido.

Meu marido era heterossexual, mas, por ter tomado banho junto com sua mãe até os quinze anos, não lidava bem com o corpo de mulheres reais. Sentia desejo sexual, mas se satisfazia com a ficção e evitava ao máximo ver o corpo de mulheres de verdade. Não perguntei muitos detalhes, mas, pelo visto, ele fora criado por um pai muito rígido e buscava o casamento como uma forma de escapar de sua vigilância constante.

Quando formalizamos o casamento na prefeitura, a alegria de meus pais e da minha irmã foi tamanha que chegava a ser bizarro. Não demos festa, pois nenhum de nós dois tinha muitos amigos, e eu preferia não encontrar meus parentes. Recusei as sugestões muito insistentes de minha irmã de que deveríamos ao menos fazer um ensaio fotográfico para marcar a ocasião.

Meu marido tinha um irmão mais velho, mas a relação entre eles também não parecia ser muito boa. Essa semelhança entre nossas famílias era outro fator que me deixava mais à vontade.

Eu gostaria de me afastar daquele subúrbio onde havia crescido, mas, entre a pressão ferrenha de meus pais e o aluguel altíssimo dos imóveis de dois quartos em Tóquio, acabamos alugando aquele apartamento, ao lado da estação perto da qual eu havia passado toda a minha vida. Minha irmã também insistiu que nós deveríamos comprar um apartamento em vez de alugar, mas nós recusamos.

A vida com meu marido não era desagradável. Nós fazíamos as refeições separados e, às vezes, compartilhávamos as sobras. Eu lavava minhas roupas e lingeries aos sábados e ele lavava as dele aos domingos. Cada um tinha suas toalhas, e, de tempos em tempos, lavávamos juntos os itens de uso comum, como cortinas e o tapete do banheiro, aproveitando algum dia de folga.

A limpeza dos quartos era responsabilidade de cada um; as áreas comuns deviam ser arrumadas até vinte e quatro horas depois de utilizadas. E nos alternávamos na faxina do banheiro, feita aos fins de semana. Era uma vida cheia de regras, mas, desde que eu cumprisse minhas obrigações, não precisava fazer mais nada. Depois que me acostumei, era até mais fácil assim.

O fato de não termos absolutamente nenhum contato sexual me deixava muito tranquila. Nesse aspecto, meu marido era ainda mais sensível do que eu. Tive de trocar as bermudas que usava para ficar em casa por calças, pois minhas canelas expostas o incomodavam. Nós nunca demos sequer um aperto de mãos. No máximo, nossos dedos se roçavam ao entregar algum pacote do correio.

Eu não consegui me tornar naturalmente uma peça da Fábrica, como imaginava na infância que aconteceria. Nós dois simplesmente encontramos uma rota para escapar da vigilância dos parentes, amigos e vizinhos.

Todas as pessoas acreditavam na Fábrica. Tinham passado pela lavagem cerebral e a obedeciam. Usavam todos os órgãos de seus corpos para a Fábrica, trabalhavam para a Fábrica.

Eu e meu marido éramos pessoas em quem a lavagem cerebral não funcionara corretamente. Para quem fracassou em ser doutrinado, restava apenas fingir, para evitar ser expulso pela Fábrica.

Certa vez, perguntei a Tomoya por que ele havia se registrado no "rotadefuga.com".

— Uma das cláusulas do contrato era não se envolver em questões pessoais, não era? — respondeu ele, um pouco desconfortável.

— Ah, desculpe, eu não queria infringir nosso contrato.

— Não, tudo bem. É curioso, mas conversando com você eu fico tranquilo, é mais fácil.

Meu marido explicou que não é que ele não se interessasse por sexo, mas que, para ele, sexo não era algo para ser feito e sim para ser visto. Ele gostava de assistir, mas a ideia de tocar em outra pessoa e trocar tamanha quantidade de fluidos corporais lhe dava arrepios. Outro problema que ele tinha era não gostar de trabalhar. Isso transparecia em sua postura profissional, e ele nunca durava muito tempo numa mesma empresa.

— A verdade é que o ser humano não gosta de trabalhar e nem de sexo, sabe? — costumava dizer. — Só que todo mundo é hipnotizado e começa a acreditar que são coisas maravilhosas.

De vez em quando seus pais, seu irmão e sua cunhada ou seus amigos vinham inspecionar como andava a produção. A Fábrica vigiava silenciosamente meu útero e os testículos dele. Quem não produz novas vidas nem demonstra que está se esforçando para isso é suavemente pressionado. Casais que não produzem novos indivíduos devem sempre reforçar o fato de que estão contribuindo para a Fábrica por meio de seu trabalho.

Eu e meu marido vivíamos discretamente em um canto da Fábrica, tentando ficar invisíveis.

Quando me dei conta, eu tinha trinta e quatro anos. Vinte e três anos haviam se passado desde aquela noite com Yuu. Depois de tanto tempo, eu continuava às margens da Fábrica, e não vivia, apenas sobrevivia.

No começo da semana seguinte, meu marido foi demitido de seu sétimo emprego.

— É um absurdo! Uma violação das leis trabalhistas. Eles que fiquem espertos, porque vou me vingar!

Meu marido, que não aguentava bebidas alcoólicas, tomava uma Coca-Cola e tremia de raiva.

Já acontecera muitas vezes de ele não se sentir confortável onde estava e decidir por conta própria mudar de empresa, mas aquela era a primeira vez que ele era demitido. Eu também fiquei surpresa.

Descobriram que ele estava pegando dinheiro do caixa do restaurante onde trabalhava havia cerca de um ano, que usava para jogar *pachinko*.[5] Ao ouvir isso, pensei

---

5. Jogo eletrônico de azar, semelhante aos caça-níqueis, extremamente popular no Japão. [N.T.]

ser óbvio que o demitissem e que ele devia se considerar sortudo por não terem envolvido a polícia.

— Eu só pegava o dinheiro, fazia render e depois devolvia direitinho! Qual é o problema de usar assim o dinheiro do restaurante? Isso está errado!

— Na Fábrica, quem desobedece às regras é severamente punido. Tudo bem, acontece. A gente acha um emprego novo pra você.

Meu marido deitou-se de bruços no sofá e, com a cara enfiada em uma almofada, disse:

— Agora meu pai vai ficar em cima de mim de novo... Quero ir pra longe daqui!

— A gente esconde a história do *pachinko* e inventa alguma desculpa. Eu te ajudo.

— Quero morrer.

— Não fale assim.

— Não, de verdade, eu quero acabar com tudo. Queria ser livre da Fábrica, só por um momento, e depois morrer.

Eu queria dizer para ele não fazer isso, mas não me ocorreu nenhum motivo em particular pelo qual ele deveria ficar neste mundo. Se ele gostasse de algo ou se houvesse coisas que desejasse fazer, ajudaria, mas não havia nada do gênero. Ainda assim, ele continuava sobrevivendo. E eu também.

Se me perguntassem para que eu continuava sobrevivendo, eu também não saberia dizer.

— Antes de morrer, eu queria ir para algum lugar bem longe. Já sei! Queria ir para aquela casa em Akishina, de que você fala sempre, Natsuki. Aposto que é um lugar ainda mais bonito, mais maravilhoso do que imagino...

Seu tom enlevado me desconcertou. De tanto me ouvir falar bobagens sobre Akishina, Tomoya tinha começado a achar que aquele lugar era o paraíso na Terra.

— Olha, a casa de Akishina é muito remota, hoje é meu tio quem cuida dela, seria difícil a gente ir...

— É, eu sei. Eu não tenho nada a ver com essa casa. É que, não sei por quê, sinto mais nostalgia por ela do que por qualquer lugar onde já tenha estado. Antes de morrer, eu queria conhecer o gosto das folhas de azedinha...

Ele falava de olhos fechados, como se seu espírito já estivesse em Akishina. Sem pensar, falei:

— Tá, posso passar na casa dos meus pais no fim de semana e perguntar o que minha mãe acha, só pra ver. Mas eu imagino que não vai dar, se não me engano tem um primo meu morando lá... Então não fique muito esperançoso. Se, por acaso, ele não estiver mais lá, quem sabe podemos visitar por uns dias...

— Mesmo?!

— Escuta, a chance é muito pequena, tá? Mas eu posso perguntar. Se não der para ficar na casa, quem sabe a gente pode se hospedar em alguma pousada ali por perto...

— Nossa, imagina? Seria tão incrível ir de verdade pra Akishina! Quero dormir no quarto dos bichos-da-seda e ver o sótão! E o rio onde vocês acendiam o fogo no

Obon! Ah, acho que se eu conseguir chegar perto dessa casa, minha alma será salva!

— Mas acho que vai ser difícil, tá? É que, há muito tempo, teve uns problemas com os meus parentes... — falei, tentando conter seu entusiasmo.

Mas, ao mesmo tempo, pensei que se isso o alegraria tanto assim eu poderia pedir pelo menos para ficar em uma pousada e passear pela região, mesmo se não desse para ficar na casa.

Tomoya, tão pálido até pouco antes, agora estava corado e gesticulava com entusiasmo. Vendo-o, lembrei-me de mim mesma em Akishina nos verões de minha infância, brincando alegremente na varanda.

— Sabe, Tomoya foi mandado embora do emprego e está meio abatido... Ele fica dizendo que queria ir morar no interior.

No fim de semana fui visitar meus pais, coisa que não fazia havia algum tempo, e abordei timidamente o assunto.

— Puxa vida, Tomoya está desanimado, é? Que coisa...

Desde que produziram uma neta para ela, minha mãe passou a falar de um jeito meloso, arrastando o final das palavras.

Ouvi a voz chorosa de minha sobrinha vindo do sofá. Minha irmã, que comprara um apartamento a cinco estações dali, também tinha ido visitar meus pais naquele dia, dizendo que era para eles aproveitarem a neta.

— E aí eu estava pensando, se não der, tudo bem, mas...

Incapaz de falar o que queria, acabei desistindo e parando no meio.

— O que houve?

— Ãhn... então, é que a gente estava pensando em viajar por uns dias...

— Nossa, que vida boa a de quem não tem filhos, hein? — comentou minha irmã, afagando as costas da filha.

— Kise, não fale assim! — repreendeu minha mãe.

Minha irmã encolheu os ombros:

— Mas eu também acho que viajar pode ser uma boa ideia! Né, Hana? — minha sobrinha se assustou com o rosto que se aproximou de repente e torceu o corpo para se afastar dele, agarrada a seu bicho de pelúcia. — Tenho uma amiga que tentou muito tempo engravidar e não dava certo, até que eles resolveram tirar férias e passar um tempo numa casa de campo. Aí ela engravidou rapidinho! Estar perto da natureza ajuda nessas coisas, sabe?

— É verdade, pode ser uma boa! Vocês têm algum lugar em mente?

Eu neguei com a cabeça imediatamente.

— Não... Talvez fosse bom um lugar com águas termais, para relaxar.

— Ah, que maravilha! — exclamou minha mãe. — Além do mais, vocês não tiveram lua de mel, né? Precisam aproveitar!

— É — concordei.

Desde o incidente com Yuu, quando eu era criança, meus pais nunca mais falaram sobre ele, nem sobre o resto da família.

Mesmo quando minha avó faleceu, quando eu tinha quinze anos, não me deixaram ir ao enterro, dizendo que eu tinha de estudar para o exame de admissão no ensino médio. Mais tarde, escutando uma conversa entre minha irmã e minha mãe, soube que Yuu tinha ido, apesar de estar no mesmo ano da escola que eu.

As coisas não mudaram muito nem quando me casei, há três anos. Eles relaxaram só um pouco e, de vez em quando, tocavam no nome do tio Teruyoshi ou da tia Mitsuko. Fiquei chocada ao descobrir que tia Mitsuko morrera tinha bastante tempo. Mas nunca falavam nada sobre o filho dela, Yuu.

Às vezes, quando meus pais não estavam, minha irmã me contava alguma fofoca sobre ele, como quem não quer nada. Ela parecia estar me testando para ver se eu ainda reagia àquele nome.

Eu tentava não mover nenhum músculo da face enquanto ela falava. Como meus pais evitavam ao máximo esse assunto, suas histórias eram uma fonte preciosa de informação, mesmo que ela fizesse isso só para me testar.

Segundo essas fofocas, quando a mãe dele morreu, Yuu estava morando sozinho em Tóquio como estudante universitário e, depois disso, desocupou a casa de Yamagata. Minha irmã parecia incomodada com o fato de o tio Teruyoshi ter ajudado a pagar as mensalidades da universidade. Mas o que mais me abalou foi saber que agora Yuu vivia em um lugar muito mais próximo do que Yamagata. Ainda assim, respondi com um monossílabo qualquer, cuidando para não deixar transparecer no rosto nenhum interesse.

Depois, quando eu soube que ele arranjara um bom emprego em um atacadista de roupas masculinas, lembrei como ele costumava fazer todas as lições de casa direitinho durante as férias de verão e imaginei que devia ser um funcionário diligente.

Mais ou menos um ano antes, minha irmã tinha me contado que a empresa onde Yuu trabalhava fora incorporada a outra marca e que ele entrou no programa de demissão voluntária.

— Parece que, por causa da crise, quem pedisse demissão ganhava uma gratificação maior. Então ele se ofereceu. Foi um azar, claro, mas ao mesmo tempo ele se deu bem, sabe? Agora dizem que foi ficar um tempo na casa de Akishina, recebendo o seguro-desemprego.

— Na casa de Akishina?

Eu tentava não reagir às histórias sobre Yuu, mas, ao ouvir esse nome, não consegui me conter.

— Pois é! O tio Teruyoshi sempre foi mole com Yuu, desde quando ele era criança. Parece que Yuu foi pedir todo choroso, disse que queria descansar o corpo e o espírito na casa de sua avozinha querida. E o tio é bonzinho demais... O que eu acho é que ele quer continuar por lá mesmo, vivendo de graça. Ouvi dizer que o danado também ganhou uma herança do pai dele, o ex-marido da tia Mitsuko, e gastou tudo. Nunca dá para saber o que ele está armando. Bem que a tia costumava falar que não dava para entender aquele menino, que ele parecia um extraterrestre.

— Sei. — Isso foi tudo o que consegui dizer, olhando para baixo para que ela não visse meu rosto.

Já havia se passado um ano desde essa conversa. Será que Yuu continuava vivendo em Akishina, sem trabalhar, como minha irmã dissera?

Nessa hora, tocou o telefone da casa.

— Ah, puxa, há quanto tempo! Sei… sei… arrã. Como? Em Akishina? Tomoya disse isso, foi? — falou minha mãe.

Levei um susto ao ouvir o nome de meu marido e movi os lábios perguntando "quem é?" para minha mãe, que tinha uma expressão perplexa e curvava repetidamente a cabeça para a pessoa do outro lado do fone. — Sim, sim. Ah, não… Por nós não tem problema nenhum, imagine!

Minha mãe desligou o telefone e virou-se para mim, desorientada:

— Era a mãe de Tomoya. Ela ligou para agradecer pela nossa gentileza, dizendo que vocês vão passar um tempo em Akishina… Que história é essa, Natsuki?

— O quê? Era a minha sogra?! — respondi, em choque.

— Natsuki, você sabe que naquela casa…

— Eu sei. Tomoya ficou falando que queria ir, mas eu expliquei pra ele que não dava!

— Mas então, que ligação foi essa?

— Eu também não sei! Foi algum mal-entendido. Vou conversar com ele assim que voltar para casa.

— Ué, não é uma boa ideia? — provocou minha irmã, pegando minha sobrinha no colo. — Akishina é o lugar perfeito para sua lua de mel, Natsuki.

— Kise! — gritou minha mãe.

Mas minha irmã continuou me encarando placidamente.

— Qual é o problema? Se Yuu pode morar lá, Natsuki também tem direito de usar a casa. Vocês não acham que Yuu é meio descarado? Tudo bem que o tio deixou, mas ficar morando lá desse jeito, sem pagar aluguel... Tirem logo ele de lá!

Minha mãe se atrapalhou:

— Foi o tio Teruyoshi quem herdou a casa. Ele pode emprestar para quem quiser, a gente não tem direito de se meter.

— Mas Yuu é filho da tia Mitsuko, ele não tem relação com o tio Teruyoshi. Desde que ela morreu, o tio faz todas as vontades dele, dá até agonia. Eu acho que Yuu se aproveita dele.

— Mesmo que ele vendesse, aquele casebre velho não ia render nada — resmungou minha mãe.

Era uma situação muito desconfortável, mas eu não podia ir embora, então continuei parada no meio da sala de estar.

Eu nunca poderia imaginar que a gente acabaria indo mesmo para Akishina, pensei dentro do trem-bala, com um suspiro, enquanto assistia a meu marido comer alegremente um bentô.

Como eu supus, ele tinha tirado conclusões precipitadas e contado tudo para sua mãe. A mera possibilidade de ir para Akishina o deixou tão entusiasmado que ele acabou deixando escapar.

Toda uma rede de telefonemas se formou entre meus parentes, e meus pais se alvoroçaram, tentando decidir se nós poderíamos mesmo ficar lá e se seria melhor mandar Yuu para outro lugar ou não.

Foi a irmã mais velha de meu pai, tia Ritsuko, quem declarou que toda aquela história já estava no passado distante e que, agora que eu tinha um marido, não havia problema.

— Você era criança, Natsuki... E nunca nem visitou o túmulo da vó, é uma judiação! Até hoje eu penso que você devia ter vindo para o enterro, se despedir. Hoje vocês já são todos adultos, a gente não pode ficar para sempre falando do passado. E a maior alegria do vô era ouvir o riso das crianças pela casa. Depois daquilo, o Obon ficou tão triste, todo ano... O vô e a vó devem estar se sentindo sozinhos, debaixo da terra. Vá lá visitá-los, Natsuki.

A tia Ritsuko não costumava se envolver nos conflitos familiares, mas quando acontecia de ela se pronunciar, suas palavras tinham muito peso, e nem mesmo o tio

Teruyoshi conseguia se opor. Meus pais também acabaram aceitando, contrariados, que nós fôssemos para Akishina.

— O ideal seria Yuu ficar em outro lugar, mas ele já desocupou o apartamento de Tóquio e não tem mais para onde ir. A gente até podia pagar para ele passar alguns dias em uma pousada, mas seria meio ridículo...

Minha mãe não gostava de Yuu e, sempre que mencionava seu nome, o fazia incomodada, como quem fala algo indecente.

Meu pai, por outro lado, ficou mais calmo do que ela e reagiu com uma indiferença surpreendente:

— Bem, a casa é grande, Tomoya também vai estar lá... Acho que tudo bem.

Alheio a toda essa comoção telefônica que ocorrera na família Sasamoto, meu marido olhava despreocupado pela janela.

— Finalmente vou conhecer Akishina... Parece um sonho!

A única maneira de chegar a Akishina da estação de Nagano era de carro ou de ônibus. Como só subia um ônibus por dia, ficou combinado que o tio Teruyoshi iria nos buscar na estação.

— Não queria dar esse trabalho a seu tio. Pena que não sabemos dirigir...

— Mesmo que a gente soubesse, para dirigir até lá é preciso estar acostumado. Minha mãe tem carta, mas era sempre meu pai quem dirigia naquela estrada. Para você ter uma ideia...

— Puxa, mal posso esperar! Não vou para as montanhas desde os acampamentos da escola, quando eu era pequeno. Minha família nunca viaja. Talvez seja a primeira vez que viajo para algum lugar sem ser com a escola!

Eu estava um pouco reticente, mas a alegria de meu marido era tamanha que me fez considerar que talvez tivesse sido mesmo uma boa ideia.

Olhando pela janela, ele murmurou:

— Obrigado, Natsuki. Eu estava mesmo querendo morrer. Estou muito feliz de, antes disso, poder sair da Fábrica junto com você.

Talvez ele estivesse com sono, pois recostou a cabeça em meu ombro. Isso era raríssimo para nós, que quase nunca nos tocávamos.

Sentindo o peso da cabeça de meu marido, fiquei também eu olhando pela janela. O trem estava passando por vários túneis. Sinal de que estávamos chegando perto das montanhas.

Chegamos à estação de Nagano, e o tio Teruyoshi nos esperava na catraca.

— Muito obrigada por vir até aqui nos receber!

Demorei um instante para reconhecer meu tio, de cabelos completamente brancos. A figura que acenou, chamando "Natsuki!", lembrava mais meu avô do que o tio que eu vira vinte e três anos antes.

— Natsuki sempre me contou muitas histórias sobre Akishina! Conhecer essa casa é como um sonho para mim, muito obrigado.

— Ora, eu é que fico feliz de ouvir isso… Hoje em dia Akishina só tem idosos, é um dos vilarejos chamados "em situação crítica". Virou um lugar um pouco triste, sabe, com muitas casas vazias. O vô vai ficar feliz de receber visitas jovens!

Meu tio parecia menor do que em minhas recordações. Claro que eu também estava mais alta do que quando era uma estudante do quinto ano, mas tive a impressão de que não era só isso.

— Querem parar em algum lugar para almoçar, antes de ir? Lá em Akishina não tem lojas nem restaurantes, então é melhor comprar toda a comida aqui embaixo, na cidade.

— Obrigada, mas já trouxemos todo o básico — respondi, apontando para a bolsa grande que eu trazia pendurada no ombro.

— Você sempre foi assim, né, Natsuki? Muito bem preparada — exclamou meu tio, sorridente.

— Posso usar o banheiro um minuto, antes de sairmos? — pediu meu marido, e se afastou com passos rápidos.

— Aqui está bem mais frio do que em Tóquio, não está? Pode esperar no carro, se quiser — disse meu tio.

— Não, tudo bem. Eu imaginei que seria o caso e trouxe um casaco.

—Ah, é? Bom, você conhece bem o clima de Akishina — disse ele, com um sorriso formando rugas nos cantos dos olhos. — Eu já expliquei a situação para Yuu. Ele também achou que seria melhor sair de lá, mas como foi meio em cima da hora, não encontrou nenhum lugar para ir...

— Me desculpe por causar tanta confusão, assim de repente...

— Ah, não tem problema. A casa está tão vazia desde que a vó morreu, dá pena. Estavam até falando em derrubá-la antes que caísse sozinha. Então fiquei bem feliz quando Yuu pediu para ficar lá. Senti como se estivesse voltando no tempo. Você e Yuu gostavam tanto daquela casa... — murmurou tio Teruyoshi, perdido em reminiscências. Depois baixou os olhos para o chão. — Eu me sinto mal pelo que aconteceu naquele dia.

Eu ergui o rosto, surpresa.

— Vocês eram crianças, não sabiam de nada. E nós, adultos, ficamos tão nervosos... Tentamos enterrar a coisa toda e nunca mais pensar no assunto. Adultos são criaturas tão violentas, arrogantes.

— Ah, não... Hoje eu também sou adulta e entendo como vocês se sentiram. Vocês não tiveram culpa, tio.

— Escute... Seu marido sabe sobre o que aconteceu? Sei que não é da minha conta, mas...

— Não precisa se preocupar com ele — respondi sem hesitar.

— Então você arranjou um bom marido — disse meu tio, sorrindo aliviado.

— Tudo bem? Você está enjoado? — perguntei a Tomoya.

— ... tudo bem — grunhiu ele, cobrindo a boca com um lenço.

Tio Teruyoshi acompanhava habilidosamente as curvas fechadas e sem grades de proteção. A estrada era ainda mais íngreme e sinuosa do que eu me lembrava. A cada curva, eu e meu marido deslizávamos sobre o assento traseiro do carro e nossos corpos eram jogados um contra o outro.

— Esta estrada maltrata demais quem não está acostumado... Quer parar para descansar um pouco?

— Não, tudo bem.

— Mesmo? Se você aguentar, é até melhor ir de uma vez só. Essas curvas são terríveis para quem não conhece... E você, Natsuki, tudo bem?

— Sim, tudo tranquilo.

Na verdade, eu estava um pouco aflita, com a sensação de que íamos cair do barranco daquela estrada tão estreita e acidentada, mas respondi fingindo valentia. Não queria que meu tio achasse que a vida na cidade grande tinha feito eu me esquecer dos desafios de Akishina.

— Essa é a Natsuki que eu conheço! — alegrou-se ele.

A tensão dos primeiros momentos do reencontro estava se dissipando, e eu sentia aquele homem tomar a forma do saudoso tio que gostava de mim quando eu era criança.

— Só mais três curvas até Akishina! Aguentem só mais um pouquinho!

As folhas das árvores arranhavam as janelas do carro. Eu tive a impressão de que a vegetação estava mais próxima do que antigamente, avançando sobre a estrada. Com o rosto pressionado contra o vidro fiquei olhando o verde das árvores como fazia na infância.

Subimos mais e mais pela estrada sinuosa, atravessando aquele novo túnel de galhos, e meus ouvidos já apitavam quando a vista se descortinou de repente.

— Pronto, chegamos. Natsuki, Tomoya, bem-vindos a Akishina.

Essas palavras me deram vontade de chorar.

Ali, do outro lado da pequena ponte vermelha bem conhecida, estava a paisagem de Akishina que eu recriara tantas vezes na memória.

Tio Teruyoshi parou o carro logo depois da ponte vermelha para Tomoya descer, pois seu enjoo desaparecera imediatamente e ele estava animadíssimo.

— Tio, era nesse rio que a gente acendia o fogo para o Obon?

Desci do carro e corri, num impulso, até o riacho raso e estreito que mal poderia ser chamado de rio.

— Era esse mesmo! Você não lembra?

— Eu achava que ele era maior, mais fundo… Lembro até de nadar nele de biquíni quando era pequena!

— Nadar? Não, esse rio sempre foi raso assim, não dá para nadar... Na minha infância, às vezes a gente fazia uma barragem de pedras para represar a água e nadar. Talvez a gente tenha feito isso algum dia quando vocês vieram.

— Ah, entendi...

A memória da barragem de pedras ressurgiu, imprecisa, em minha mente. Eu achava que minhas lembranças de Akishina eram tão vívidas, mas várias delas já estavam perdendo os contornos.

As montanhas que cercavam o vilarejo eram muito mais altas do que eu me lembrava. Em minha memória elas estavam sempre verdes, mas agora os vermelhos e amarelos do outono tingiam vários trechos das encostas. Logo além do rio, vi o túmulo de meu avô, que eu pensava ser muito distante.

— Os postes não são mais de madeira...

— É mesmo, eles costumavam ser de madeira. Que memória! Ainda não tem sinal de celular aqui, mas estão pensando em colocar uma antena, porque faz falta quando os netos vêm visitar.

— Nossa, vai dar pra usar smartphone em Akishina?

Por muito tempo eu passeara pela Akishina de minhas recordações, então agora, caminhando ao longo do rio com passos incertos, sentia como se tivesse viajado no tempo até vinte e três anos antes. Era difícil conciliar as duas imagens dentro da mente. Algumas coisas eram iguais ao que eu me lembrava e outras diferentes, o que me causava a sensação curiosa de ter ido parar em um universo paralelo.

— Olha, daqui já dá para ver. Você se lembra?

Na direção em que meu tio apontou estava o saudoso celeiro feito de barro, com suas grossas paredes pintadas de branco e o telhado vermelho.

O celeiro continuava igual ao que eu me lembrava. Sem pensar, corri em sua direção.

— Sim, continua igualzinho ao que eu lembro!

— É mesmo? Vocês crianças gostavam de entrar aí, para brincar de esconde-esconde ou coisa assim... — relembrou meu tio, sorrindo.

Meu marido nos seguia, exclamando que tudo era incrível e tirando fotos com o celular.

Subindo o caminho estreito desde o celeiro, enxergamos o jardim e a casa principal. O jardim era muito menor do que eu me lembrava. A casa, para além dele, continuava parecendo grande, com as paredes de cimento branco, vigas de madeira escura e o telhado inclinado com grandes beirais. Mas tinha o ar um pouco decadente de uma construção que passara bastante tempo vazia.

Meu tio bateu no vidro da porta. Pelo jeito, não tinha campainha.

— Yuu, chegamos!

Ninguém respondeu. O interior da casa estava silencioso.

— Que estranho. Ontem eu telefonei e avisei que a gente ia chegar na hora do almoço.

Meu tio disse que ia tentar a porta dos fundos e subiu o barranco coberto de mato que ladeava a casa.

Eu e meu marido ficamos sozinhos diante da porta principal. Talvez Yuu tivesse fugido para não me encontrar. Senti-me um pouco traída.

— Ah, um bicho... — murmurou Tomoya.

Um inseto verde que eu não conhecia tentava se esgueirar por uma pequena fresta na porta. Quando bati na porta para afastá-lo, ela deslizou e se abriu. O inseto se assustou e voou para longe.

— ... Olá, tem alguém em casa? — chamei timidamente e entrei.

O hall para descalçar os sapatos, na penumbra, tinha uns dez metros quadrados e poderia ser uma quitinete em Tóquio. Estava cheio de ferramentas agrícolas, chapéus de palha, mangueiras, galões de querosene, galochas. Entre as botas cobertas de poeira vi um único par de tênis novo. Se esse tênis era de Yuu, ele deveria estar em casa. Eu tinha acabado de pensar nisso quando ouvi um rangido na escada, que ficava ao lado do hall.

— ... Bem-vindos — disse uma voz fraca, e Yuu apareceu.

Ele não estava muito diferente da última vez que eu o vira, vinte e três anos antes. Seus braços e suas pernas estavam mais compridos, mas ele tinha o mesmo corte de cabelo e seu rosto não havia mudado muito. Era até estranho que a imagem que eu guardava de Yuu na memória se juntasse tão facilmente à sua imagem atual.

— Er... Sou sua prima, Natsuki Sasamoto — apresentei-me formalmente, pensando que eu devia ter mudado bastante.

Yuu deu um pequeno sorriso:

— Natsuki?

— E eu sou marido de sua prima — meu marido também se apresentou, sem jeito, curvando a cabeça.

— Tio Teruyoshi foi até a porta dos fundos.

— Ah, desculpem, aquela porta está trancada. Vou abrir para ele.

— O tio disse que tinha ligado ontem...

Vendo que Yuu vestia uma camisa branca bem-arrumada, fiquei preocupada se ele estava saindo para algum lugar.

— Sim, eu estou sabendo, vocês dois vão passar um tempo aqui, não é?

— Não vai te atrapalhar?

— Imagine. De qualquer jeito, não sou o dono da casa, podem ficar o quanto quiserem.

Yuu sorriu e abriu a porta de correr que dava para a sala de estar onde nós sempre brincávamos na infância.

— Bom, sejam bem-vindos. Eu vou lá abrir a porta dos fundos. Podem entrar e ficar à vontade, não reparem na bagunça. É esquisito eu falar assim, já que a casa não é minha, mas...

Yuu ofereceu chinelos para nós dois e foi para os lados do banheiro. Quando eu era criança, nem sabia que existia outra porta daquele lado.

Eu e meu marido entramos na casa um pouco apreensivos, carregando nossas malas.

Eu estava muito aliviada por Yuu ter me tratado com naturalidade, como se aquilo nunca tivesse acontecido.

— Que cheiro de bicho... — murmurou meu marido.

Não sei se ele queria dizer que algum animal devia ter entrado na casa, ou se era cheiro de humanos o que ele sentia.

— Nossa, que saudades daqui...

Na sala, havia um *kotatsu*[6], um armário com coisas de minha avó e uma televisão. Eu me lembrava de uma televisão antiga, com um botão redondo para mudar os canais, mas claro que agora já havia uma mais moderna, de tela plana.

— Cara, que demais!! É exatamente como eu tinha imaginado. A varanda é ali?? — falava Tomoya, animadíssimo, quando meu tio e Yuu entraram na sala.

— Vocês devem estar cansados depois de uma viagem tão longa. Aceitam um chá?

— Obrigada.

— Bem, eu já vou indo. Na verdade, hoje meu neto veio me visitar, então tenho de voltar antes do jantar.

---

6. Mesa baixa com um aquecedor embutido na parte de baixo e cercada por um edredom grosso, muito usada nos meses de outono e inverno, principalmente nas regiões mais frias. As pessoas se sentam com as pernas sob o cobertor, para aquecê-las. [N.T.]

Eu e meu marido nos curvamos afobados, agradecendo:

— Desculpe, você já tinha planos e nos trouxe até aqui!

— Ah, não tem problema. Eu fico muito feliz de ver esta casa cheia de gente.

Tio Teruyoshi sorriu com o rosto cheio de rugas, calçou com gestos habituais os sapatos que havia trazido até o hall de entrada e partiu com um aceno.

O som de seu carro se afastou, deixando a casa subitamente silenciosa. Puxei conversa com Yuu para aliviar o clima.

— Esta sala sempre foi desse tamanho? Me lembro de todos os primos se sentarem juntos aqui à noite, pra jogar baralho...

A sala de estar, onde ficava o *kotatsu*, parecia apertada demais para acomodar um bando de crianças. Yuu relaxou um pouco:

— Eu também achei a sala pequena quando cheguei.

Sentados com as pernas aquecidas pelo *kotatsu*, nós três tomamos chá e comemos *yokan*, gelatina doce de feijão. Yuu também ofereceu *ego* a meu marido, a gelatina de alga, para ele experimentar uma comida típica de Nagano. Em seguida, explicou a disposição da casa.

— Depois eu mostro todos os cômodos, mas daquele lado ficam o banheiro e o ofurô. A cozinha é aqui atrás. A água das torneiras é de nascente. Dá para beber e é saborosa, mas, se vocês se incomodarem, posso comprar água mineral quando descer para a cidade. O ônibus só passa uma vez por dia, então podem deixar que eu faço as compras. Podem pedir o que quiserem.

— Não dá para fazer compras online? — perguntou meu marido.

— Acho que não deve ter nenhum supermercado que entregue aqui… Nem sei se alguma das casas tem conexão de internet. Também não passam aqueles caminhõezinhos de supermercados circulantes. Aqui é longe de tudo… Até os motoristas de táxi se recusam a vir, se não estiverem acostumados com a estrada. Ali tem o telefone de um táxi da região, por garantia. Mas se quiserem ir para algum lugar eu posso levar, é só pedir — disse Yuu. — Aqui na casa não pega celular, mas do outro lado da ponte vermelha tem um pouco de sinal, então se quiserem mandar e-mails ou mensagens, experimentem ir até lá. Fora isso, podem usar este telefone fixo. O número está anotado aqui.

— Certo.

— Como vocês viram, aqui no vilarejo não tem comércio. Não tem nem máquinas de venda automática. Temos de comprar todo o necessário lá embaixo. Mas, mesmo lá na cidade, não tem loja de conveniência e esse tipo de coisa, só se você dirigir até bem longe. Na parada da estrada vendem vários legumes e hortaliças, e tem também o supermercado da cidade. No *doma* do lado da cozinha tem arroz, verduras e frutas que o tio trouxe. Podem pegar o que quiserem. Se não me engano, ainda tem bastante pera.

— Desculpe, o que é *doma*? — perguntou meu marido, ansioso.

— É tipo um cômodo, só que não tem piso, é de terra batida... Você vai entender quando vir.

— Depois posso ir ver o sótão, também?! — perguntou Tomoya, inclinando-se para a frente de tanto entusiasmo.

— Pode, sim. Você realmente gosta muito de casas de interior, hein? — disse Yuu, sorrindo.

— Natsuki, você lembra que o banheiro era daquelas latrinas com fossa, que a gente chamava de "buraco"? Continua igual, então tomem cuidado quando forem usar. O aquecimento a gás do ofurô também não mudou.

— Onde a gente pode dormir?

— Onde quiserem. Daquele lado tem as duas salas de visitas, a maior e a menor. — Yuu foi apontando as portas *fusuma* ao redor da sala. — Aqui tem a sala do altar *butsudan*. Deem uma olhada e escolham o cômodo que preferirem. Eu estou usando o quarto da frente no andar de cima, então pode ser qualquer um fora esse.

Meu marido quase pulou:

— Você está usando o quarto dos bichos-da-seda?!

— Não, acho que o que tinha bichos-da-seda é o que fica do lado desse, mais para o fundo... Você sabe tudo sobre esta casa! Natsuki, você que contou pra ele?

Fui surpreendida ao ouvir meu nome no meio da conversa e respondi que sim.

— Entendi. E Tomoya se lembra de tudo, até da história dos bichos-da-seda! Bem, podem usar qualquer quarto fora o que fica bem diante da escada. Como estão em duas pessoas, pode ser bom um mais espaçoso...

— Ah, sobre isso... Se der, nós preferimos dormir em quartos separados — interveio constrangido meu marido. — Nós somos um pouco diferentes dos casais comuns. Somos casados no papel, mas não somos assim tão íntimos a ponto de dormir juntos.

— Como? — Yuu o encarou, perplexo.

Eu expliquei:

— Eu não me importo, estou acostumada a dividir o quarto com várias pessoas, mas meu marido não gosta muito... Quando viajamos, também costumamos ficar em dois quartos de solteiro. Se você não estiver usando, Tomoya pode ficar aqui onde a vovó dormia. Eu posso dormir em qualquer lugar, no quarto dos bichos-da-seda ou no do altar.

— Ãhn, tá bom...

Vendo como Yuu ficou confuso, eu e meu marido nos entreolhamos.

— Já que vamos passar algum tempo juntos, será que não é melhor explicar direito nossa situação? — sugeriu Tomoya.

— Tem razão — concordei. Yuu corria os olhos entre o meu rosto e o de Tomoya, ansioso.

— Você se lembra do planeta Powapipinpobopia? — comecei.

Quando criança eu odiava a gelatina *ego*, mas ao experimentar novamente achei gostosa, com uma textura agradável e leve. Meu marido comia alegremente a meu lado.

— Ãhn.... lembro sim.

Antes de responder, Yuu hesitou um instante e olhou de relance para meu marido.

— Um pouco depois de acontecer aquilo, eu descobri que eu também era do planeta Powapipinpobopia. Foi Piyut que me contou. Meu marido já sabe. Só que não tem mais nave espacial, né? Então o jeito é tentar ser discreta e levar a vida como uma terráquea. Eu esperava que, conforme crescesse, o mundo me programasse, mas a lavagem cerebral não funcionou comigo. Fiquei um pouco cansada e resolvi vir para cá descansar por um tempo. Aqui é mais perto das estrelas...

Yuu lançou mais um olhar em direção a Tomoya e assentiu com a cabeça.

— Entendi. Eu não fazia ideia.

— Eu não amo Natsuki, mas me casei com ela para escapar dos olhares da Fábrica. Diferente de minha esposa, eu tenho pavor da ideia de sofrer lavagem cerebral. Tenho muito medo da Fábrica, porque ela nos transforma em escravos.

— Desculpe... que "fábrica" é essa a que você se refere? — perguntou Yuu, escolhendo cuidadosamente as palavras.

— Ah, é como nós chamamos o mundo em que vivemos. Afinal, não é assim? Nós somos engrenagens conectadas pela carne. Peças destinadas a fazer crianças e carregar nossos genes rumo ao futuro. Eu sempre senti um vago desconforto, desde criança, mas só depois que conheci Natsuki consegui afirmar com todas as letras que isso é esquisito — disse meu marido. Depois acrescentou, tocando os próprios olhos: — É que depois de conhecê--la, eu também instalei a Visão Extraterrestre.

— Visão Extraterrestre...? — repetiu Yuu, confuso.

Eu expliquei de maneira bem simples:

— É a visão que mostra como um extraterrestre veria nosso mundo. Acho que todas as pessoas têm essa capacidade, só que geralmente não a usam.

— Isso. Eu também já tinha — disse meu marido.
— E, hoje em dia, acho que minha Visão Extraterrestre é até mais potente do que a de Natsuki.

Yuu parecia desorientado nos vendo falar tudo isso num ímpeto.

— Sei... Bem, pelo jeito vocês são um casal com valores muito alinhados.

— Não, essa coisa de "valores" também é parte da lavagem cerebral da Fábrica. Natsuki gostaria de viver como terráquea e não como extraterrestre, vive querendo que a Fábrica a doutrine direito. Mas eu não quero. E dou muito valor à minha Visão Extraterrestre!

Meu marido falava com o corpo inclinado para a frente, aproximando-se de Yuu, que me olhou como quem busca socorro.

— Calma, Tomoya. Assim você está assustando Yuu.

Ele voltou a si e arrumou a postura.

— Desculpe. É que eu estou sempre me controlando para não falar dessas coisas... Tentando ser discreto para as pessoas da Fábrica não me descobrirem.

Meu marido odiava a Fábrica. Eu, não. Preferia ser doutrinada logo de uma vez, já que, de qualquer maneira, não havia mais nave espacial e eu não poderia voltar para meu planeta natal.

— Yuu, você nunca pensou desse jeito? Nunca teve a sensação de que o mundo era uma fábrica e você, um extraterrestre? — perguntou Tomoya.

Yuu deu um pequeno sorriso.

— Não, nunca pensei. Posso ter tido devaneios desse tipo quando era criança, mas hoje sou adulto. Eu sou um terráqueo genuíno e, nesta vida, não sairei deste planeta.

Quando caiu a noite, Yuu se ofereceu para descer até a cidade e comprar mais comidas típicas de Nagano para nós, mas não queríamos dar trabalho, então caçamos tudo o que tinha na geladeira e no *doma* para preparar uma *nabe*.[7]

Meu marido cortava as verduras e Yuu servia o arroz da panela elétrica em tigelas individuais. Eu fui procurar e lavar as louças para eu e Tomoya usarmos.

---

7. Tipo de sopa ou cozido preparado na mesa. Os ingredientes são servidos frescos e picados e vão sendo acrescentados aos poucos a uma panela com caldo fervente. [N.T.]

— Nossa, esse copo!

Quando eu era criança e ia visitar minha avó, sempre discutia com meus primos para ver quem ia ficar com o copo de flores azuis e quem ia ficar com o de flores vermelhas. Eu gostava mais do azul, porque achava que era mais adulto, mas Yota também gostava dele e não dava o braço a torcer.

— A gente usava esse copo quando era criança?

— Usava, sim! Eu sempre brigava com Yota por causa dele, Yota chegou a chorar por isso. Você não lembra?

— Não tenho lembrança... Sabe, agora Yota mora em Ueda e às vezes vem de visita! Ele teve uma filha recentemente, acho que quando ela estiver um pouco maior ele deve trazê-la.

— Seria legal se os filhos dos primos brincassem juntos aqui, como a gente costumava fazer...

— Verdade! Quem sabe um dia.

Meu marido levou para a sala as verduras picadas, sem participar da conversa. Ele não gostava muito desse assunto de crianças e parentes. Odiava essas ideias de relações consanguíneas, de se alegrar ao ver parentes reunidos, pois achava que eram apenas parte da lavagem cerebral da Fábrica. Talvez ele estivesse certo, mas eu tinha certa curiosidade de ver a cara das crianças que haviam herdado os genes de meu avô. Quem sabe minha lavagem cerebral já estava mais avançada e eu estava mais próxima dos terráqueos.

— Parece que você foi congelada, Natsuki.

— É?
— Você se lembra tão bem de todas as coisas daqui.
— Hum, será?

Várias coisas estavam diferentes do que eu me lembrava, o que me deixava desorientada, mas talvez Yuu não percebesse isso. Ele terminou de servir o arroz, colocou as tigelas em uma bandeja e foi para a sala. Eu fiquei para trás e abri a torneira da pia para lavar os copos. A água gelada que brotava da montanha espirrou contra as costas da minha mão e molhou minha blusa.

Depois do jantar simples fomos dormir, cada um em um quarto.

A conclusão foi que Yuu continuaria no quarto da frente do andar de cima e meu marido ficaria no quarto dos bichos-da-seda. Ele ficou animadíssimo, dizendo que parecia um sonho.

Escolhi dormir no quarto do altar. Eu gostava do cheiro de incenso, e os outros cômodos eram grandes demais, neles eu não conseguiria relaxar.

Trouxe as cobertas do andar de cima e fiz a cama sobre o tatame. A textura do travesseiro com enchimento de cascas de trigo-sarraceno me deixou nostálgica.

Pensando bem, fazia muito tempo que eu não dormia em uma casa de madeira. O ranger do teto e o som das portas de correr se abrindo e fechando indicavam que havia outras duas criaturas naquela casa, além de mim.

Fechei os olhos. O canto dos insetos invadia o cômodo pela janela. Era diferente do som que eu conhecia do verão. Sem me dar conta, adormeci escutando ao longe os ruídos que vinham do andar de cima.

4

Quando eu era criança, pouco tempo depois de ter sido trazida de Nagano por causa do que aconteceu com Yuu, eu matei a Bruxa na casa do professor Igasaki.

Minhas memórias desse período são imprecisas, como um devaneio. Fui arrancada à força de Akishina, colocada no carro e depois fiquei presa em meu quarto. Instalaram uma tranca grande do lado de fora da porta, que ficava trancada sempre que não havia mais ninguém em casa. Mesmo se eu precisasse usar o banheiro, tinha que esperar minha irmã ou minha mãe voltarem.

Quando eu ligava para alguma amiga, era sempre vigiada por uma das duas, pois desconfiavam que eu estivesse falando com Yuu. Passei todo o restante das férias de verão fechada em meu quarto.

Eu passava os dias na penumbra, olhando para o meu anel e para os votos de casamento que fizera com Yuu. Pouco a pouco, foi acontecendo uma coisa curiosa. Comecei a ver partículas de luz brotando da varinha de origami e do espelho mágico da transformação e a ouvir a voz de Piyut. O feitiço que a organização do mal fizera tinha se acabado, e agora ele falava bastante comigo.

Quando perguntei se minhas habilidades como garota mágica estavam aumentando, ele respondeu com sua voz nítida:

— *Exatamente!*

Minha boca, por outro lado, continuava quebrada. Eu não sentia gosto algum quando comia, então a comida não tinha mais graça. Eu descia para as refeições e voltava para o quarto sem comer quase nada. Minha mãe suspirava e dizia que eu estava sendo rebelde.

Certo dia, enquanto eu voltava para o quarto depois de comer só uma mordida de um bolo de carne sem gosto, ela declarou:

— Você vai fazer o intensivo de férias do cursinho.

Isso foi pouco mais de um mês depois da morte de meu avô.

— Por quê? Não estou proibida de sair do quarto?

— Ai, mas essa menina só fala absurdos. No cursinho você precisa ir, é claro! Mas saiba que se você se atrasar um só minuto na hora de voltar pra casa, vou avisar a polícia.

Eu havia perdido a noção dos dias. Olhei o calendário quando voltei para o quarto. Ele ainda tinha os números marcando a contagem regressiva para o Obon: "faltam três dias", "faltam dois dias". No dia em que eu fora para Akishina estava escrito, em letras pequenas: "fim". Lembrei que, naquele dia, eu pretendia mesmo acabar com tudo.

Busquei o material dentro da bolsa do cursinho e olhei a data: as aulas do curso intensivo começariam dali a três dias. Na noite anterior ao começo das aulas, o professor

Igasaki ligou para minha casa e minha mãe atendeu falando tão alto que escutei sua voz do andar de baixo.

— Puxa, professor, muito obrigada! Ah, você ligou? É que nós tivemos que nos ausentar, um infortúnio na família de meu marido... Sim, é claro! No ano passado seu curso intensivo foi excelente. Ela gosta muito das suas aulas. Certo, certo, vou dizer a ela.

Minha mãe me chamou e insistiu tanto que coloquei o fone contra a orelha direita.

— Estou te esperando, hein? — disse a voz alegre do professor. Sua respiração se aderiu a meu ouvido através do telefone. Eu fiquei paralisada.

A partir de então, além da boca, meu ouvido direito também começou a falhar. Não quebrou de vez, como a boca, mas às vezes acontecia de eu não escutar algum som bem próximo de mim, ou então de ouvir um ruído, como o de ondas ou de estática. E, ao mesmo tempo, eu escutava a voz de Piyut cada vez mais clara.

Mergulhei no aprendizado da magia. O que eu mais queria era dominar a mágica de sair do corpo. Se aprendesse a usar essa mágica, talvez eu conseguisse ir para algum lugar bem longe dali. No entanto, por mais que tentasse, nunca dava certo.

"Sobreviver, haja o que houver."

Essas palavras eram tudo o que me restava. E a única coisa com a qual contava para sobreviver era a magia.

No primeiro dia do curso de férias, minha irmã foi junto comigo, para me vigiar.

— Se você tentar fugir, bato em você com isto, hein?

Antes de sair de bicicleta atrás de mim, ela mostrou que levava na bolsa uma pequena espada de bambu do tipo que é vendido em lojas de suvenir.

Mas, por fim, o curso de verão dela também começou, e ela não pôde mais me vigiar. No dia seguinte, o professor Igasaki veio falar comigo.

— Sasamoto, você está livre amanhã?

— Sim — respondi. O som de ondas e a voz de Piyut invadiram meu ouvido direito.

— Amanhã não tem aula do cursinho, mas eu vou passar uma lição especial para você. Eu te mostrei onde fica a chave da minha casa, né? Acho que pode ser na hora do almoço. Venha para minha casa nesse horário. E você já sabe: não pode contar pra ninguém, porque é uma aula especial, hein? Fale para sua mãe que é a aula normal do cursinho.

— Está bem.

Naquela noite, pedi conselhos a Piyut.

— *O professor está sob o poder do mal. Ele está sendo manipulado pela Bruxa do Mal. Você precisa salvá-lo* — explicou ele.

A Bruxa já tinha estragado minha boca e meu ouvido direito. Eu precisava usar meus poderes mágicos para me transformar e derrotá-la logo, pois, na próxima, ela poderia me matar.

— *Sobreviver, haja o que houver* — sussurrava Piyut, sem parar, como se Yuu estivesse falando por ele.

No dia seguinte, a Bruxa que possuíra o professor provavelmente terminaria de quebrar todo o meu corpo. Se eu quisesse ter alguma chance de vencê-la antes disso e sobreviver, precisava agir naquela mesma noite.

Coloquei Piyut, o espelho e a varinha mágica na mochila, e saí de casa.

Foi surpreendentemente fácil escapar. Meus pais e minha irmã pareciam ter ficado descuidados, talvez por eu ter me comportado bem durante todo o tempo que passaram me vigiando.

Abri a porta com cuidado e saí de casa. Depois tive uma ideia e entrei no depósito do jardim, sem fazer barulho. Pensei que eu devia pegar algo para usar de arma na batalha contra a Bruxa.

— Ai!

Espetei o dedo em alguma coisa afiada enquanto tateava no escuro. Antes de continuar buscando pelas prateleiras, coloquei um par de luvas de trabalho que estava caído no chão.

Peguei algumas armas. Depois, quando estava saindo do depósito, encontrei uma lanterna e decidi levá-la também.

Fui em direção à casa do professor, para onde tinha sido levada no dia do festival de verão.

Piyut estava muito falante e sua voz soava sem parar em meu ouvido direito.

— *Rápido, rápido! Se a Bruxa te matar, vai ser o fim do mundo! Sua mágica é a única coisa que pode nos salvar. Força! Força! Dê tudo de si! Sobreviva!*

Enquanto corria para a casa do professor, olhei meu relógio de pulso do Snoopy. Eram três horas. Achei estranho que houvesse outro "três horas" no meio da madrugada, além da hora do lanche da tarde.

Comparada com a noite de Akishina, a noite da Fábrica de Gente reluzia. Um monte de postes de luz iluminava as ruas, escondendo as estrelas no céu. Algumas casas tinham as luzes acesas, mesmo àquela hora. Se aquela era uma Fábrica de Gente, talvez seguissem produzindo pessoas, sem descanso, até no meio da madrugada. Uma ânsia me invadiu de súbito enquanto eu corria e vomitei em um canteiro o suco gástrico que me veio à boca.

Cheguei à casa do professor e, conforme ele me mostrara naquele dia, peguei a chave sob o terceiro vaso da direita para a esquerda. Ele tinha me falado que, assim que ele telefonasse, eu deveria vir e entrar usando essa chave.

— Durante o verão, não vai ter ninguém aqui em casa. Então, você pode vir estudar várias vezes. Você é uma menina muito dedicada, quer estudar bastante, não quer?

O professor repetiu isso várias vezes naquele dia. Será que a Bruxa sabia que o professor tinha me contado onde ficava a chave?

Abri a porta sem dificuldade, mas estava com medo de entrar. Por um momento, tentei fazer a mágica de sair do corpo, mas, como eu já esperava, não funcionou. Em vez disso, a voz de Piyut ficou ainda mais alta em meu ouvido direito.

— *Rápido, rápido, rápido! Enquanto você ficar enrolando, a Bruxa vai preparar magias cada vez mais terríveis! Você tem de acabar com ela, antes que ela te mate! Você é a defensora da justiça, sem você o mundo vai se acabar! Rápido, rápido!!*

Sim, eu precisava proteger o mundo. Obedeci a Piyut e me esgueirei para dentro da casa do professor.

O interior da casa estava silencioso, o ar absolutamente imóvel. Pensei que talvez nem o professor estivesse lá naquela noite. Decidi ir espiar seu quarto e, se não encontrasse nem professor nem a Bruxa, voltaria para casa.

Já convencida de que não havia ninguém na casa, fui tomada por uma estranha coragem. Por via das dúvidas, tirei da mochila uma "arma" e segui em direção ao quarto para o qual o professor me levara.

Quando vi a escada e a porta, as mesmas daquele dia, meus pés ficaram pesados. Senti que não conseguiria seguir adiante, e, no mesmo instante, o ruído de estática aumentou de súbito dentro de meu ouvido, fazendo com que eu me agachasse, encolhida.

— ... *ki, Natsuki, Natsuki!*

Ouvindo a voz de Piyut, ergui os olhos. E vi que o interior da casa do professor — as paredes, o teto, tudo — estava cor-de-rosa.

Surpresa, olhei para minhas mãos. Elas também estavam cor-de-rosa. Era como se eu tivesse ido parar no interior de uma fotografia toda impressa em tons de rosa.

— *Natsuki, você pintou o mundo de cor-de-rosa com o poder de sua mágica! Agora, certamente conseguirá vencer a Bruxa. Rápido, rápido!!*

A voz de Piyut era tão alta que me perguntei se ela não ecoava por toda a casa. Minha cabeça doía, de tão alta que era. Pressionando as têmporas, comecei a subir as escadas cor-de-rosa.

Será que a Bruxa tinha quebrado meus *olhos* também? Essa ideia me apavorou. Primeiro a *boca*, depois o *ouvido direito* e, agora, os *olhos*? Qual seria a próxima parte do meu corpo?

Parei diante da porta do quarto do professor.

Nesse momento, me ocorreu que talvez fosse melhor fugir dali.

O que eu estava fazendo naquele lugar, de livre e espontânea vontade? Uma garota mágica inexperiente como eu, que ainda nem conseguia dominar a mágica de sair do corpo, não tinha chance alguma contra a Bruxa do Mal.

Não saía som algum de dentro do quarto.

De repente, senti que alguma coisa grande se aproximava de mim.

Era a mágica de sair do corpo. Quando dei por mim, havia escapado de dentro do corpo e via a mim mesma, como no dia do festival.

— *Você conseguiu! Conseguiu fazer a mágica!*

Eu tinha conseguido, finalmente, fazer o feitiço que tanto queria, mas me sentia apática. Vi meu corpo abrir a porta com cuidado e entrar no quarto. Meu espírito assistia a tudo, pairando no ar.

O professor estava dormindo na cama. Por algum motivo, eu não sentia mais medo. Meu corpo se aproximou devagar do leito.

No instante seguinte, minha visão se distorceu e senti, pela palma das mãos, a sensação de esmagar alguma coisa macia.

Diante de mim havia uma massa azul. Eu golpeava essa massa com a arma que pegara no depósito: uma foice de cortar grama que meu pai havia trazido de Akishina.

Percebi que o feitiço de sair do corpo havia terminado. Um líquido dourado jorrava da massa azul. O que poderia ser tudo aquilo? Minha intuição me dizia que devia ser uma crisálida de bruxa. Eu precisava matá-la antes que sua incubação terminasse. Eu sabia que, se não o fizesse, algo terrível iria acontecer.

O professor já não estava mais no quarto, talvez já tivesse sido devorado pela Bruxa. O líquido dourado espirrava para todos os lados.

— *Agora é a hora! Diga as palavras mágicas!*

Eu e Piyut não havíamos praticado palavras mágicas, então recitei a primeira coisa que me veio à mente:

— Powapipinpobopia, Powapipinpobopia, Powapipinpobopia, Powapipinpobopia, Powapipinpobopia, Powapipinpobopia.

Eu não sabia se isso funcionaria como encantamento. O líquido dourado continuava a jorrar de dentro da massa azul.

— *Rápido rápido rápido! Mata mata mata! Bruxa bruxa bruxa bruxa! Mata mata mata mata!*

— Powapipinpobopia Powapipinpobopia Powapipinpobopia Powapipinpobopia Powapipinpobopia Powapipinpobopia Powapipinpobopia Powapipinpobopia Powapipinpobopia Powapipinpobopia Powapipinpobopia.

Obedecendo à voz de Piyut, continuei entoando o encantamento e cravando a foice naquela massa de azul intenso.

Não sei por quanto tempo fiz isso. Pareceu apenas um minuto, mas também pareceram horas.

— *Já tá bom! Ainda não! Já tá bom! Ainda não!* — cantarolava Piyut.

— Powapipinpobopia Powapipinpobopia Powapipinpobopia Powapipinpobopia Powapipinpobopia Powapipinpobopia Powapipinpobopia Powapipinpobopia Powapipinpobopia Powapipinpobopia Powapipinpobopia.

Quando o "Ainda não!" sumiu da música de Piyut, deixando apenas o "Já tá bom!", a massa azul parou de se mover. Talvez o feitiço estivesse perto do fim. Percebi que a varinha mágica de origami, amassada dentro do bolso, já não emitia nenhuma luz. O feitiço ia se quebrar. Corri para fora da casa do professor.

— Minhas roupas estão sujas — murmurei para Piyut.

Elas estavam encharcadas pelo líquido dourado que esguichara da massa azul.

Lembrei que a casa do professor era perto da escola. Corri até lá, despi no pátio tudo o que vestia e, usando a lanterna, enfiei tudo no incinerador onde queimavam parte do lixo da escola. Joguei as luvas e a foice lá dentro também. A mochila não estava muito suja, então coloquei-a nas costas e corri para casa, o mais rápido que pude, usando apenas a roupa de baixo e a mochila.

Entrei em casa sem fazer barulho e, vendo que minhas mãos estavam grudentas, fui para o banheiro e entrei de mochila e tudo embaixo do chuveiro.

— *Já tá bom! Já tá bom! Ainda não! Ainda não!*

A voz de Piyut continuava a soar bem alto em meu ouvido direito.

— Que diabos você está fazendo?!

Ouvi a voz de minha irmã diante da porta do banheiro.

Um sobressalto agitou meu corpo. Imediatamente o mundo deixou de ser cor-de-rosa e vi refletida no espelho do banheiro minha imagem magérrima e da cor de minha pele.

— Nada. É que suei muito ontem, aí fiquei com vontade de tomar banho.

— Fez xixi na cama, é? Não duvido, sendo uma fedelha como você...

Minha irmã riu da minha cara, depois pareceu satisfeita e foi embora.

Embrulhei numa toalha a mochila encharcada e voltei para o quarto abraçada a ela.

Meu corpo estava pesado e eu estava morrendo de sono, talvez por ter usado tanta magia.

— *Já tá bom! Já tá bom! Ainda não! Ainda não!*

A canção de Piyut continuava soando em meu ouvido. Por alguma razão, eu estava muito tranquila e dormi profundamente.

No dia seguinte, tive febre e fiquei de cama. A febre chegou quase a quarenta graus, então me levaram ao médico temendo que fosse influenza, mas o diagnóstico foi apenas um resfriado e cansaço.

— Além disso, ela não está comendo direito, está? A imunidade está baixa — disse o médico.

Não sei por quê, mas minha mãe se desculpou e se curvou profundamente.

Minha febre demorou muito a passar e continuei acamada até as aulas recomeçarem. Foi só quando a febre finalmente cedeu e eu encontrei Shizuka na escola que fiquei sabendo que o professor havia sido assassinado.

— Você não sabia?! O professor Igasaki foi morto por um pervertido! — disse ela.

— Não sabia...

Shizuka devia ter chorado muito, pois seus olhos estavam muito vermelhos e ela não largava o lenço.

— O professor era lindo, né? Aí, dizem que tinha um *stalker* que o perseguia por causa disso. Parece que ele andava reclamando com os amigos da faculdade. Ele estava com tanto medo que não conseguia dormir de noite, precisava até tomar remédio. Por isso, quando o maníaco entrou na casa dele, ele nem percebeu e morreu assim, dormindo! Não é horrível? Um absurdo!

— É mesmo, um absurdo! — gritei, imitando o tom de voz dela.

— Não tem ninguém que tenha testemunhado o assassinato. Então a família do professor está distribuindo panfletos na frente da estação, para ver se encontram algum suspeito. Como todo mundo do cursinho adorava o professor, a gente escreveu uma carta para os pais dele, dizendo que a gente quer ajudar a distribuir os panfletos e que com certeza vamos encontrar o assassino. Você vem também, não vem?!

— Vou!

Voltei para casa, peguei o jornal de alguns dias antes e encontrei uma matéria com a manchete: "Um sorriso que se apaga: uma jovem vida roubada na noite." Segundo ela, um belo estudante universitário estava sendo perseguido por um maníaco pervertido, o que lhe causou tamanho sofrimento que ele chegou a precisar de uma prescrição de remédios para dormir. Por ser um jovem muito gentil, ele não conseguira falar sobre isso com seus pais, só com amigos próximos. Era uma pessoa maravilhosa, um professor adorado pelas crianças do cursinho onde trabalhava meio período. O crime ocorreu durante o verão, quando seus pais estavam fora da cidade, a trabalho. O jovem foi esfaqueado inúmeras vezes, recebendo ferimentos tão extensos que foi preciso identificar o corpo por meio da arcada dentária. O assassino ainda não fora encontrado, porém o jovem comentara com um amigo que estava sendo seguido por uma van branca, então a polícia estava buscando quaisquer informações sobre vans brancas suspeitas.

Foi uma sensação estranha ler essa notícia. Nesse caso, o que seria aquela massa azul que eu derrotei? O professor nem estava lá! Eu tinha lutado apenas contra a Bruxa, que por sua vez desaparecera sem deixar vestígio.

Meu ouvido direito ainda parava de funcionar de vez em quando. Minha boca estava estragada de vez. Eu sentia a temperatura das coisas, mas absolutamente nenhum sabor, por isso não tinha apetite. Mas minha mãe declarou que eu não podia deixar sobrar nada das refeições, nem da merenda. Na escola ela não tinha como saber se eu estava comendo tudo, mas em casa eu era obrigada a limpar o prato em todas as refeições.

Todo sábado e domingo, depois do cursinho, nós íamos para a estação de trem distribuir panfletos junto com os pais do professor. Os panfletos diziam: "Procuram-se testemunhas oculares! O assassino que tomou de nós esta vida preciosa não ficará impune!"

Os pais do professor eram um casal de pessoas muito refinadas. Eles cumprimentavam os alunos um por um, nos agradecendo com os olhos marejados. Eu apertava com firmeza a mão deles.

Todos os dias, quando voltava para casa, eu tentava falar com Piyut.

— *Você derrotou a Bruxa do Mal. Você derrotou a Bruxa do Mal. Obrigado! Obrigado!*

O que quer que eu dissesse, ele só me agradecia.

— Piyut, onde foi parar aquela massa azul? Será que na verdade foi a Bruxa quem matou o professor, e não um pervertido?

— *Você derrotou a Bruxa do Mal! Obrigado! Obrigado!*

Ele só repetia as mesmas palavras, como se estivesse com defeito.

Será que tudo aquilo com a Bruxa tinha sido um sonho? Comecei a me questionar sobre isso.

Continuei distribuindo panfletos com os colegas do cursinho. Num desses dias, quando estávamos voltando para casa, Shizuka me disse:

— Ainda não encontraram a arma do crime, mas parece que a polícia está desconfiando que não foi uma faca, e sim uma foice!

— Uma foice...?

— Não dá nem pra imaginar o que um pervertido desses tem na cabeça! Que medo... Queria que o encontrassem e o prendessem logo!

— É, que medo!

Enquanto exclamava isso, imitando o tom de Shizuka, eu estava pensando se o assassino tinha encontrado a foice que eu usara para exterminar a Bruxa e usado essa arma para matar o professor.

Na manhã da segunda-feira seguinte, fui correndo olhar o interior do incinerador, mas não encontrei nenhuma das coisas que tinha jogado naquele dia. Eu achava que, ainda que as roupas tivessem sido queimadas, no mínimo restaria a lâmina. Mas lá dentro só havia lixo e páginas de xerox.

Voltei para casa e fui olhar a mochila, que tinha jogado debaixo da cama ainda molhada. Não encontrei nem traço do líquido dourado que devia estar nela, mas, em vez disso, havia uma pequena mancha preta na alça.

Todas as noites eu conversava com Piyut.

— Piyut, estou achando que o assassino do professor pode ter roubado a arma que eu usei para exterminar a Bruxa...

— *Obrigado, Natsuki! Obrigado, Natsuki!*

— Ei, Piyut, me responde direito, vai. Eu estou preocupada. É que talvez... talvez, o professor...

Piyut reparou que eu estava falando sério e, depois de algum tempo, falou em meu ouvido direito, ainda mais alto que de costume:

— *Natsuki, vou te contar uma coisa muito boa. Graças a você, a magia da Bruxa do Mal desapareceu completamente do mundo. Então, você não vai mais precisar se transformar, nem lutar. Em breve você vai deixar de ouvir minha voz.*

— Por quê?

— *Porque sua missão já acabou. E tem uma última coisa que eu quero te dizer. Eu te encontrei, te dei o espelho e a varinha e fiz de você uma garota mágica. Mas não foi por acaso. É que você é uma guerreira mágica enviada do planeta Powapipinpobopia para a Terra quando era bebê. Na verdade, o plano era você voltar para Powapipinpobopia quando seu trabalho aqui terminasse. Mas demorou mais do que o esperado, e agora já não tem mais nave espacial...*

— É mesmo?! Então eu não sou terráquea! Eu também sou de Powapipinpobopia!

Agarrei Piyut, alvoroçada. Ele também parecia contente e fez que sim agitando as orelhas:

— *Isso mesmo! Você já desconfiava de que não era terráquea, não desconfiava? Era natural que você não conseguisse se adaptar aos terráqueos e achasse eles estranhos. É que você é do planeta Powapipinpobopia!*

— Eba! Fiquei muito feliz! Então quer dizer que eu também sou de lá!

— *Todo mundo de Powapipinpobopia está falando bem de você! Estão todos alegres!*

— Será que algum dia eu vou conseguir voltar pra lá...?

— ■ ■ ■ ■ ■

Piyut disse algo, mas eu não consegui entender.

Adormeci logo em seguida, pensando que no dia seguinte devia jogar fora a mochila que estava debaixo da cama, porque estava suja. E eu não precisaria mais do espelho nem da varinha que estavam dentro dela. Saber que eu era do planeta Powapipinpobopia já me bastava.

Dormi pensando no céu estrelado de Akishina, como não fazia havia muito tempo.

Depois daquela noite, Piyut não falou mais nenhuma palavra. Transformou-se em uma espécie de múmia, que eu guardei com carinho dentro da lata, junto com os votos e o anel do casamento com Yuu.

    A investigação do caso do professor não avançou, mas, de vez em quando, a televisão local mostrava seus pais e antigos alunos distribuindo panfletos. Eu participava às vezes, quando Shizuka me chamava.

    As pessoas cochichavam sobre o caso do belo universitário que fora assassinado por um maníaco pervertido, exclamando que era triste, tão triste, mas no fundo pareciam um pouco alegres.

    Eu deixei de ser uma garota mágica e segui vivendo o resto da vida apenas como uma powapipinpobopiana sem nave espacial. Era solitário viver como powapipinpobopiana e não ter como voltar para minha terra natal. O que eu mais desejava era que os terráqueos me fizessem uma lavagem cerebral eficiente.

5

De manhã, quando acordei, meu marido já estava circulando pelo jardim, cheio de disposição.

— Eu queria ver como é dentro do celeiro, posso? Pode ser depois que Yuu acordar!

— Claro, mas não deve ter nada muito interessante... A gente gostava de ir lá explorar quando eu era criança, mas só tinha umas máquinas de arar a roça.

— Mesmo assim, quero ver!

Em Tóquio, Tomoya mal punha o pé para fora de casa, mas, em Akishina, tinha virado um homem alegre e entusiasmado. Eu me sentia vendo a mim mesma na infância.

— Oi! Vocês acordaram cedo! — Yuu apareceu na varanda, de moletom. — Bom dia, Tomoya.

— Bom dia! Ah é, hoje eu sou o responsável pelo café da manhã, não sou?

Meu marido foi correndo descalçar as sandálias e voltar para dentro da casa.

— Eu ajudo você — disse Yuu.

— Ah, não, assim não faz sentido ter turnos. Fique tranquilo, aproveite o ar fresco da manhã. Eu quero tentar fazer uma sopa de missô com as verduras silvestres que colhi ontem.

— Não vá preparar nada muito esquisito, hein? — intervi, um pouco ansiosa, mas Tomoya parecia muito determinado.

— Talvez sejam um pouco amargas, mas quero experimentar logo! Ah, que lugar maravilhoso...

Depois que meu marido foi para a cozinha, Yuu só comentou que eu devia colocar um casaco para não ficar resfriada e entrou em casa para lavar o rosto.

Sentei-me no chão da varanda e fiquei sentindo o piso de madeira ranger enquanto Yuu e meu marido circulavam dentro da casa.

Todos os dias, depois do café da manhã, saíamos para caminhar os três juntos. Yuu tinha esse hábito, e, quando meu marido ficou sabendo, disse que queria ir junto.

Primeiro íamos até a ponte vermelha, onde cada um ligava seu celular e checava as mensagens e ligações. Em seguida, caminhávamos sem pressa ao longo do rio até chegar à trilha que levava ao vilarejo vizinho e depois voltávamos para casa.

Tudo parecia ser novidade para meu marido. Ele queria ir até o outro vilarejo, mas desistiu, contrariado, porque Yuu disse que a trilha era acidentada demais.

De vez em quando mudávamos de caminho, subindo a montanha ou indo em direção à velha escola abandonada, mas geralmente só passeávamos ao longo do rio. Às vezes eu ia até o túmulo de meus avós para deixar alguma oferenda. Quando isso acontecia, Yuu sempre dizia que ia voltar antes, nunca nos acompanhava até lá.

Uma sensação curiosa sempre me invadia nesses passeios.

Era muito estranho ver Yuu e meu marido caminhando lado a lado. Até pouco tempo antes, Yuu era um personagem do passado e meu marido, do presente. Eram períodos desconexos no tempo, então eu tinha a sensação de que algum deles havia chegado ali por uma máquina do tempo.

Meu marido falava sem parar, alvoroçado, enquanto andávamos.

— Eu queria aproveitar a estadia aqui para fazer alguma coisa que seres humanos nunca fazem.

— Por quê? — perguntou Yuu.

— Porque assim dá para desativar a lavagem cerebral — respondeu Tomoya, estufando o peito. — Os chamados "tabus" não passam de parte da doutrinação humana. Quando você vê as coisas com a Visão Extraterrestre, percebe que é tudo bobagem. Não é racional.

— Que tipo de coisa você gostaria de fazer?

— Hum... Comer alguma coisa estranha, por exemplo. Tipo insetos.

— Sinto dizer, mas as pessoas desta região já fazem isso normalmente! Aliás, acho que não só aqui em Nagano, mas em vários lugares do interior as pessoas comem *inago*, aquele tipo de gafanhoto.

— Ah, é mesmo?

— Se você tiver curiosidade posso comprar, uma hora dessas. *Inago*, larvas de vespas... Ah, é! Também há lugares onde se comem pupas de bichos-da-seda, de que você gosta tanto. Mas o tio disse que na nossa família eles não comiam.

— Puxa, eu quero experimentar, com certeza! Deve ser tão bonitinho...

Ao longo desses poucos dias, Yuu e Tomoya estavam ficando bem próximos. Yuu parecia determinado a, sempre que possível, manter distância de mim e conversar com meu marido.

— Se a cidade onde nós morávamos era uma fábrica de gente — disse meu marido, empolgado —, aqui são as ruínas de uma fábrica. Uma fábrica que já não produz nada novo. Ninguém mais fica falando que você devia produzir. Aqui eu fico muito mais tranquilo. Queria viver nesta vila para sempre, como uma peça que já encerrou sua vida útil.

— Hum, será? Para mim ainda falam, às vezes. Dizem que eu sou jovem, que devia arranjar uma esposa e ter filhos.

— Isso é só o fantasma da Fábrica. Nas ruínas sempre tem fantasmas — disse Tomoya, sério.

Yuu deu risada.

— Tem razão, deve ter vários fantasmas nesta vila.

Eu ouvia o som da água.

No rio, muito menor do que o da minha lembrança, a água continuava a correr. Mesmo depois que eu deixei de ir para Akishina, aquele som nunca abandonou meus ouvidos por completo.

Era muito estranho estar caminhando, ao lado do som da água, com o Yuu de carne e osso.

Do outro lado do rio dava para ver os túmulos de nossos antepassados. Quando eu estava na faculdade, lembro-me de ter ouvido meu pai comentar com meu tio, ao telefone, que a terra ainda não havia baixado. Já haviam se passado mais de vinte anos desde sua morte, mas a terra que cobria o caixão de meu avô ainda não baixara, continuava formando um montículo.

Que aparência teria meu avô, debaixo daquele túmulo? Desde aquele dia eu já havia participado de vários funerais, de chefes ou de pais de amigos. Mas foram sempre cremações, e o de meu avô seguia sendo o único enterro. Será que ele ainda tinha cabelo, ou pele? Quando pesquisei sobre o assunto, li que demorava mais de cem anos para o corpo virar terra, então talvez meu avô nos observasse com um aspecto menos mudado do que eu imaginava.

— O que foi, Natsuki? — perguntou meu marido, virando-se para me olhar.

Eu corri para alcançá-los. No pequeno cemitério além do rio, os corvos pareciam estar se aglomerando nas comidas que nós havíamos oferecido aos avós.

Um mês de férias de verão. Esse era o limite para mim e meu marido.

Se ficássemos mais tempo do que isso, nossas economias iam acabar, e as pessoas da Fábrica não ficariam caladas. Descobririam nosso paradeiro e nos levariam de volta. Yuu também nos aconselhou:

— É melhor vocês voltarem antes de chegar o inverno. Neva demais aqui. Às vezes a neve fica mais alta que todo o andar de baixo da casa.

Meu marido parecia chateado, mas eu sabia que isso era o máximo de descanso que nós teríamos.

Da estrada diante da casa dava para ver uma grande montanha. A cada dia ela se tingia mais e mais de vermelho. Agora as folhagens de outono já cobriam mais da metade da encosta.

Estávamos comendo o *oyaki*[8] do café da manhã depois do passeio e conversando sobre o que faríamos naquele dia. Yuu disse que ia cuidar do jardim; Tomoya, que ia procurar azedinhas para colher. Eu avisei que talvez não tivesse azedinha no outono, mas ele estava decidido e não se abalou. Eu não sentia gosto, então, mesmo se encontrasse alguma, seria chato, pois não poderia aproveitar seu sabor azedo. Resolvi que ficaria em casa arrumando as louças.

— Se eu pedir para o tio, será que posso levar um daqueles copos de que eu gostava?

---

8. Bolinho grelhado ou assado com massa de trigo ou trigo-sarraceno, recheado com verduras, cogumelos ou pasta de feijão azuki. Comida típica da região de Nagano. [N.T.]

— Por via das dúvidas, é melhor falar com a tia Ritsuko antes. Pode ser que ela goste deles.

— Tá bom.

As folhas das árvores do jardim em frente à varanda também estavam ficando vermelhas. Olhando para elas, murmurei:

— É a primeira vez que eu vejo o outono de Akishina. Era sempre verão quando eu vinha para cá. Não consigo imaginar a neve caindo aqui.

— Durante o inverno, a neve cobre tudo, todos os anos — respondeu Yuu, sem olhar para mim.

— Eu sei disso na teoria, mas não consigo imaginar.

— É que você só enxerga as coisas que consegue ver com os próprios olhos, Natsuki.

Senti certa irritação em suas palavras. Olhei para o chão e retruquei em voz baixa:

— Não é todo mundo assim?

— Tem muita gente no mundo que vive olhando direitinho para as coisas que não queria ver.

Desde que nos reencontramos e que eu contei que era extraterrestre, eu tinha essa sensação vaga: Yuu me desprezava.

— As folhas vermelhas devem ter outro aspecto na neve, deve ser uma cena tão linda! — disse meu marido, encantado. — Sendo de Tóquio, eu nunca vi muita neve acumulada. Deve ser bonito…

— Acho que não é tão idílico quanto você está pensando… — Yuu relaxou a expressão e sorriu para Tomoya.

— Mas o rigor do inverno faz parte desta vila. Eu queria tanto ver como é… — murmurou ele, sabendo que provavelmente seria impossível.

— Você gostou mesmo daqui, não é, Tomoya?

Yuu podia até repreender meu marido, mas não discordava do que ele dizia. Esse era o Yuu que eu conhecia.

Ele nunca se recusava a nada, nem quando tia Mitsuko o tratava como um namorado, nem quando eu o pressionei para se casar comigo. Acho que, na infância, "obedecer" era a principal maneira de Yuu lidar com a vida.

— Claro que gostei! Adoraria ver o inverno e a primavera daqui com meus próprios olhos! Mas acho que não vai dar. Não dá para saber o que os caras da Fábrica fariam… — sussurrou Tomoya.

Eu e ele pressentíamos que, em breve, chegaria um emissário da Fábrica.

Nós estávamos nos esquivando de nossas obrigações como parte da Fábrica e logo seríamos levados de volta. Eu esperava ansiosamente a chegada desse emissário. Seríamos arrastados de volta para dentro da Fábrica e pressionados, de forma discreta mas intensa — meu marido para trabalhar e eu para procriar. Todos discorreriam sobre como essas coisas são maravilhosas.

Eu esperava por esse momento. Dessa vez, todos iam garantir que a lavagem cerebral funcionasse direito e, assim, meu corpo se tornaria um componente da Fábrica.

Meu útero e os testículos de meu marido certamente não eram propriedades nossas. Se era esse o caso, então eu preferia que programassem logo meu cérebro também. Assim eu não sofreria mais. Conseguiria viver, sorridente, na realidade virtual em que todos viviam.

Meu desejo deve ter sido escutado, pois, no dia seguinte, um emissário chegou à casa de Akishina.

Eu estava escovando os dentes no banheiro, depois do almoço, quando ouvi alguém batendo na porta.

— Pois não?

Abri a porta e encontrei minha irmã, trazendo minha sobrinha pela mão. Ela deu uma olhada em meu pijama e tive a impressão de que conteve um risinho.

— Chegou alguém, Natsuki? — perguntou Yuu, espiando de dentro da cozinha. Ele a reconheceu em um instante e seu rosto endureceu.

— Bom dia, Yuu. Há quanto tempo. Sou eu, Kise. Lembra-se de mim?

— ... Sim, há quanto tempo.

— Vocês acabaram ficando mais tempo do que o esperado — disse-me ela. — Mamãe anda falando várias coisas, sabe como é... Então fiquei preocupada e resolvi vir ver como vocês estão.

Minha irmã falava num tom enlevado, tão performático que eu não pude deixar de pensar se ela não estava imitando as atrizes das novelas a que gostava de assistir.

— Oh, Kise! Olá! Que prazer em recebê-la! — Meu marido veio da sala e falou de forma ainda mais teatral do que a dela.

Ele odiava minha irmã.

Kise era uma dessas pessoas que, ao se tornar adultas, encontram sua salvação na Fábrica. Ela, que durante a infância e a adolescência não conseguia se integrar bem à sociedade, foi salva ao se tornar uma ferramenta da Fábrica e se tornou uma de suas devotas mais fervorosas.

Meu marido sempre falava mal dela pelas costas, dizendo que ela era ainda pior do que as outras pessoas da Fábrica.

Convidei-a para se sentar na sala de estar e preparei um chá. Minha sobrinha, que em breve entraria no primeiro ano da escola, divertia-se correndo pela casa.

— Vocês não pretendem ficar aqui para sempre, né? — disse minha irmã, depois de recusar o *oyaki* que Yuu ofereceu, dizendo que já havia almoçado.

— Não...

— Tomem cuidado para não ficar aqui tempo demais e causar problemas a Yuu. Como daquela vez. — Suas palavras fizeram Yuu empalidecer. — Vocês precisam voltar logo para casa e retomar a vida conjugal! Sei que você concorda comigo, não é, Tomoya?

— Hum — respondeu meu marido com um resmungo, enquanto enfiava um *oyaki* na boca. Ele parecia ter se cansado de tentar manter as aparências.

— Bem, hoje eu vim só para ver como estão as coisas. É que a mamãe estava aflita, sabe? Quem poderia imaginar que vocês iam resolver se hospedar justo na casa em que Yuu está morando?

— Perdão, eu deveria ter me ausentado durante este período... — desculpou-se Yuu, aflito. Talvez estivesse constrangido por eu e meu marido não estarmos reagindo.

— Não é culpa sua, Yuu. As pessoas da vila não estão falando nada? Fico preocupada que esses dois possam estar causando algum incômodo...

Pelo tom de sua voz, ficava claro que minha irmã não via aquelas palavras como suas, mas sim como as palavras que o mundo falava através dela. Eu tinha inveja desse seu sentimento.

Quando minha sobrinha se cansou de brincar pela casa, Kise se levantou e disse que já ia voltar para Chiba.

— Por que não fica mais um pouco, para descansar? — disse meu marido, pondo-se de pé alegremente para abrir a porta para o hall de entrada. Depois, arrumando os sapatos de minha irmã para ela calçá-los o mais rápido possível, ainda acrescentou algumas vezes: — Que pena...

— Virei novamente.

Minha irmã parecia perfeitamente ciente de que meu marido não gostava dela. Saiu da casa sem dizer nada por ele expulsá-la daquela maneira.

Eu a acompanhei até o carro.

— Você veio dirigindo até aqui?

— Vim!

— Nossa, então você dirige bem! Quando a gente era criança você enjoava tanto...

— Sabia que aquela história dos panfletos na estação virou assunto de novo?

A mudança de tema foi tão brusca que, por um instante, eu não entendi do que ela estava falando.

— Você viu que outro dia um menino do ensino médio foi morto na cidade vizinha e prenderam o assassino? Os noticiários falaram que tinha semelhanças com o caso do professor Igasaki, apesar de ser coisa de mais de vinte anos. Aí os pais dele aproveitaram a deixa e recomeçaram com os panfletos. Normalmente as famílias devem mudar de casa quando acontece uma tragédia assim, né? Mas eles nunca saíram de lá. Estão até comentando sobre isso na associação de bairro... Tem circulado um boato de que, vai ver, os pais é que são culpados e estão tentando esconder as evidências. Não é um horror?

— Nossa...

— Você não costumava distribuir panfletos com eles? Por que não vai ajudar, de novo?

— É, vou pensar.

Observei o carro se afastando antes de voltar desanimada para dentro da casa. Encontrei meu marido gritando na sala do altar:

— Aaaaaah! Deram as caras, os desgraçados! — Ele enroscou os pés em minha roupa de cama, quase caiu e agarrou meu ombro para se reequilibrar. — Essa mulher foi completamente programada pela Fábrica. E agora eu vou deixar de ser dono de mim mesmo, mais uma vez! Tudo por causa deles!

— Calma, Tomoya. Minha irmã não consegue nos levar de volta à força. Por enquanto, tudo o que ela pode fazer é vir e nos pressionar desse jeito, como quem não quer nada. Ainda podemos ficar tranquilos aqui por um bom tempo.

— Você viu os olhos dela?! Essa mulher é louca. Ela olha pra gente como se a gente fosse criminoso! Só faltava declarar que, voltando agora, ainda dá tempo de recebermos o perdão. E eu lá preciso que alguém me perdoe só por ser quem eu sou? Fala sério!

Yuu estava estupefato com a explosão de Tomoya, mas voltou a si e pousou a mão em suas costas, dizendo:

— Vamos, se acalme. Olha, já está esfriando, não quer se sentar no *kotatsu*?

— É, pode ser...

Enquanto consolava meu marido arrasado, Yuu parecia estar refletindo sobre alguma coisa.

Naquela noite, eu estava sentada na varanda olhando as estrelas enquanto meu marido tomava banho quando Yuu abriu a porta de papel *shoji* e perguntou:

— Você não está com frio, sentada aí?

— Não, tenho uma bolsa de água quente.

— Ah.

Yuu se sentou a meu lado. Achei surpreendente, pois, quando Tomoya não estava por perto, Yuu fazia o possível para não ficar no mesmo cômodo que eu.

— Ãhn… Pode soar estranho eu perguntar isso, mas Tomoya sabe sobre o que aconteceu quando a gente era criança?

— A gente nunca conversou muito sobre o passado. Ele é meu companheiro, mas não somos amigos.

— Se ele é seu companheiro, acho que é melhor você contar. Se ele descobrir depois, pode dar algum mal-entendido e ele ficar magoado.

— Que tipo de mal-entendido?

Yuu pareceu confuso com minha pergunta.

— Como se eu e você tivéssemos alguma… relação.

— Você está falando que nem um personagem de novela, Yuu. Claro que nós temos uma relação, somos primos.

— Isso aqui não é novela, é o mundo real. Se acontecer algum mal-entendido, você vai ser ainda mais excluída por essa coisa que vocês chamam de "Fábrica". Qualquer um que contraria a moral é castigado.

— Mas com Tomoya não tem problema. Ele é ainda mais devotado a Powapipinpobopia do que eu.

Yuu soltou um suspiro.

— Natsuki. Nós não somos mais crianças. Você não pode continuar usando esse tipo de lógica absurda. Precisa fazer as coisas direito, encarar os problemas de frente, como um adulto.

— Que problemas? Fazer o que direito? Eu já te expliquei tudo! Já falei como são as coisas entre mim e Tomoya. Só que você não escuta, porque você presta mais atenção no ruído do mundo. A gente pode falar o que for, pra você é tudo um lero-lero sem sentido.

Eu ergui os olhos e o encarei. Ele tinha crescido e agora era um pouco mais alto do que eu.

— Que inveja… Você foi doutrinado direitinho. Eu queria tanto que isso acontecesse comigo. Eu não sou apegada à Visão Extraterrestre, como Tomoya. Eu queria ganhar a Visão Terráquea o mais rápido possível. Deve ser tão mais fácil assim…

Yuu soltou um suspiro.

— Você não mudou nada desde quando a gente era criança. Parece mesmo que foi congelada.

Yuu me desprezava. Mas eu não podia fazer nada sobre isso. Querendo ou não, a Visão Extraterrestre já estava instalada em mim. Só conseguia ver o mundo através dessas lentes, ainda que eu mesma soubesse que tudo seria mais fácil se eu me tornasse um membro da Fábrica.

— Amanhã eu falo com ele. Se você insiste tanto, vou obedecer às regras da Terra, direitinho. Eu não sou subversiva — declarei a Yuu, e abracei com força a bolsa de água quente. Ela estava morna.

No café da manhã do dia seguinte, falei para meu marido que tinha um assunto a tratar, quando ele tivesse tempo.

Ele respondeu, alegre, que também tinha um anúncio a fazer:

— Eu estou pensando em transar com meu avô.

Yuu se engasgou e espirrou sobre o *kotatsu* toda a sopa de missô que tinha na boca.

— Por quê? — perguntei, enquanto entregava um pano de prato e lenços de papel a Yuu.

— Os humanos não costumam praticar incesto, certo? É um tabu. Então, se eu fizer isso, vai ser mais um passo para me libertar da lavagem cerebral.

— Hum... será?

Para mim esse plano pareceu, pelo contrário, uma ideia extremamente humana, baseada em valores típicos dos humanos.

— Fiquei pensando sobre qual seria a coisa mais tabu, fora matar alguém.

— Espere um pouco — interveio Yuu, nervoso. — Não sei nem o que dizer... Para começar, qualquer sexo não consensual é crime.

— Ah, não tem problema. O avô de Tomoya está internado em um asilo, em estado vegetativo.

— Mas então é ainda pior!

— Por quê? — Eu encarei seus olhos. — Esse tipo de coisa acontece em todos os lugares, Yuu, mesmo que a gente não veja. Neste mesmo instante alguém está sendo usado como ferramenta. E vai acontecer de novo ainda hoje. É só isso.

— Isso é crime, Natsuki. É um absurdo.

— E daí? Não é exatamente esse o trabalho dos adultos, ignorar absurdos? Se é sempre assim, por que você quer se fazer de virtuoso só nesse caso? Você não é um "adulto normal"? Então basta ignorar, como um adulto normal faria.

Eu não tinha intenção de opinar sobre o crime que meu marido pretendia cometer. Se ele queria tanto virar um extraterrestre, que virasse. Se queria usar seus testículos para ferir alguém, que usasse. Se ele levasse a cabo esse plano, conseguiria no mínimo virar um monstro. Quando tentei pensar sobre isso, minhas mãos tremeram e um zumbido elétrico como uma cigarra invadiu meu ouvido direito.

— Mas Yuu tem um ponto — disse meu marido. — Pensando bem, seria um crime de qualquer maneira, a única diferença é que meu avô não prestaria queixa, porque não perceberia. Eu estava errado.

— Errado por quê? — perguntei friamente, sentindo o tremor em meus dedos. — Qual é o problema de ser um crime? Os terráqueos não fazem isso o tempo todo? Eles praticam crimes a toda hora, na maior tranquilidade.

— Puxa, assim você me pegou... Você é *mesmo* de Powapipinpobopia! — disse meu marido. — Minha mãe está muito ocupada cuidando de meu avô e não deve ter tempo para isso, então vou tentar o incesto com meu irmão. Explicando tudo direitinho, para ser consensual, claro.

— Mas espere, o que você pretende ganhar, fazendo isso? — perguntou Yuu.

Tomoya o fitou intrigado.

— Como assim, "o quê"? Eu já expliquei várias vezes! Vou virar extraterrestre.

— Mesmo fazendo uma coisa dessas, você não vai conseguir escapar do fato de ser humano.

— Só dá para saber tentando. De qualquer modo, quero tentar. Quero renunciar à minha humanidade antes de ser arrastado de volta para a Fábrica. — Meu marido se voltou para mim. — Desculpe, acabei monopolizando a conversa. O que você queria falar, Natsuki?

— Ah, é que quando a gente era criança, eu e Yuu nos considerávamos namorados e uma vez nós fizemos sexo. Também fizemos uma cerimônia de casamento secreta.

— Só isso? — Tomoya suspirou. — Se você está se preocupando com esse tipo de coisa, então a lavagem cerebral da Fábrica já está avançada em você. Que decepção.

— Áhn... Desculpe, fui eu que pedi para Natsuki te contar — interrompeu Yuu. — Pensei que seria uma pena se acontecesse algum mal-entendido.

— Uma pena? Sei... Para mim, o que me dá pena é sua situação — disse Tomoya, examinando o rosto de Yuu com ar preocupado. — Você tem a sorte de viver aqui nas ruínas, mas, em vez de aproveitar, parece estar sob o poder de algum feitiço da Fábrica. Mas tudo bem, um dia você também vai conseguir instalar a Visão Extraterrestre.

— Visão Extraterrestre...

Yuu encarou meu marido, estreitando os olhos. Não dava para saber se a luz o incomodava, se ele sentia ódio de Tomoya ou se estava com sono.

Segurando sua tigela de arroz, meu marido continuou falando, com delicadeza:

— Isso mesmo. E aí você vai conseguir ver o mundo real. O mundo que seus olhos veem de verdade, sem a lavagem cerebral. Esse espetáculo é o maior presente que nós dois podemos te dar.

Yuu abriu a boca para revidar, mas pareceu coibido pela intensidade do olhar de meu marido e se quedou assim, sem dizer nada.

— Eu sou muito grato a você, Yuu, de coração. Agradeço muito por você nos receber e nos abrigar aqui. Quero retribuir de alguma forma. Só espero conseguir despistar a Fábrica por tempo suficiente para fazer isso…

Tomoya pousou a tigela sobre a mesa e olhou para nós dois.

— Bem, seja como for, no fim de semana vou visitar minha família e fazer sexo com algum deles. De forma consensual e sem magoar ninguém, é claro. Se der tudo certo, gostaria que vocês celebrassem comigo. Eu me alegraria muito em poder comemorar junto com vocês.

— Está bem — concordei.

Apesar de sua explicação calma, eu não conseguia fazer meus dedos pararem de tremer.

Naquela noite, demorei muito para adormecer. O zumbido não parava de soar em meu ouvido direito.

Minha boca nunca mais voltou a funcionar, nem quando terminei o ensino fundamental, nem o ensino médio. Nada do que eu comia era gostoso, então perdi muito peso.

Todos ao meu redor foram pouco a pouco se tornando componentes da Fábrica de Gente, e eu fui ficando para trás.

Quando será que todo mundo recebia a lavagem cerebral? Todas as minhas colegas começaram a sonhar com o amor e a se esforçar para ser o tipo de menina que conseguiria alcançá-lo. Era meio sinistro ver isso acontecer simultaneamente com todas as pessoas.

— Por quê? — perguntavam-me sempre, quando eu dizia, por exemplo, que não tinha nenhum menino de que eu gostasse.

As meninas adoravam falar sobre romance e meninos, e ficavam incomodadas com a presença de alguém que nunca falava sobre o assunto.

Eu buscava uma "igreja" onde pudesse me confessar. Queria alguém para quem eu pudesse expor todas as palavras que tinha dentro do corpo. Escolhi uma menina para isso, simplesmente porque não falava com nenhum menino — e porque achava que eles não iriam entender. Eu queria sepultar, o mais rápido possível, todas as palavras que guardava em meu interior.

Quando estava no ensino médio, tomei coragem para falar com minha amiga Kanae. Nós tínhamos nascido no mesmo lugar, estudávamos na mesma escola e nos dávamos bem. Também pensei que, por não ter frequentado o mesmo cursinho que eu, como Shizuka, ela ouviria minha história com menos preconceitos.

— Kanae, você se lembra daquele caso de quando a gente era criança, quando mataram um professor do cursinho perto da estação?

— Ah, sei, aquele professor bonito, né? Eu estudava em outro cursinho, mas lembro sim, coitado dele.

— Eu era da classe dele.

— É mesmo? Naquela turma os alunos eram todos amigos, né? Eu ficava admirada vendo todos juntos distribuindo panfletos.

— Então... Só que esse professor, ele era meio esquisito. Sei que não é bom falar mal de quem já morreu, mas...

— Como assim, esquisito?

— Áhn...

Tomei coragem e contei sobre o professor. Falei sobre o absorvente e sobre o que ele fez com a minha boca, tentando dizer tudo de um jeito que não fosse muito chocante. Kanae fez uma careta.

— Como é que é? Que história é essa? Vocês eram namorados? Uma menina do quinto ano e um universitário?

— Ah, não! Não era isso. Ele era tipo... um tarado.

Kanae riu alto.

— Fala sério! Você está inventando coisas, não? Você era criança! Eu vi foto desse professor no jornal, ele devia ser muito popular com as mulheres. Isso não foi tudo imaginação sua? Eu não acho que aquele cara iria se interessar por alguém como você...

— Não, não é nada disso, foi horrível.

— Mas, se você achou ruim, não era só falar? Se você não recusou, a culpa é sua. Se você não queria, não devia ter ido até a casa dele, pra começo de conversa.

— É, tem razão, mas...

— E mesmo que seja verdade... com um cara bonito assim, você deve ter dado oportunidade. Isso é consentimento, sabia? Por que agora você quer se fazer de heroína trágica?

— Não, você não está entendendo, não é nada disso!

Kanae soltou um suspiro sonoro.

— Tá, então o que você quer que eu diga? Pra que você tá me contando isso? É apenas constrangedor, e não sei onde você quer chegar.

Ao ouvir isso, percebi que talvez eu só quisesse ouvir de alguém: "coitada, que difícil".

A partir do dia seguinte, Kanae começou a me evitar. Soube por outra amiga que ela andava dizendo que eu era mentirosa.

A segunda vez que eu trouxe esse assunto à tona foi na faculdade, quando minha amiga Miho me confidenciou que sempre sofria assédio no trem. Dessa vez fui cuidadosa e escolhi, para ser meu "confessionário", outra vítima como eu.

Tive medo de que ela achasse que eu estava mentindo, como a Kanae. Mas tomei coragem e dessa vez contei tudo sem amenizar, deixando claro que tinha sido um crime. Omiti o fato de que o professor tinha morrido ou qualquer coisa que pudesse gerar simpatia por ele e escolhi com cuidado só os episódios que a fariam ter pena de mim. Eu não falei nenhuma mentira, mas Miho pareceu imaginar o professor como um homem feio de meia idade, e não um universitário bonito. Desse jeito, a história era muito fácil de entender como narrativa trágica. Miho, diferente de Kanae, teve muita pena de mim.

— Nossa, que nojo desse cara! Que absurdo! Isso aí é crime. Coitada de você, Natsuki.

Fiquei muito aliviada ao vê-la sentir raiva por mim.

Mas, conforme nós passamos para o segundo ano de faculdade, depois para o terceiro, e eu continuei não interagindo com os meninos, sua preocupação comigo foi tomando outra forma.

— Escuta, eu sei que você sofreu quando era criança. Mas isso é justamente o que aquele cara queria. Não dizem que ser feliz é a melhor vingança? Ele ficaria alegre de ver que você continua assim, pra baixo.

— É.

Eu concordava, "arrã", "tá bom", mas não tentava conversar com nenhum homem.

— Olha, desculpe eu falar assim, mas ele não foi até o fim, foi? E, apesar disso, você fica assim, se sentindo eternamente uma vítima… Sei lá, acho que não é legal. Eu também fui assediada várias vezes, foi horrível, mas é o tipo de coisa com que todo mundo lida, sabe? Se só por isso todo mundo passasse o resto da vida sem namorar, a humanidade ia acabar. Tenho várias amigas que passaram por coisas piores, mas que hoje têm namorado, como todo mundo. As pessoas superam essas coisas e seguem em frente, entende? Você é a única que continua sem conseguir sequer conversar com um menino, até hoje. É meio esquisito.

Talvez ela tivesse razão, mas eu só sorri e não respondi.

Um dia, Miho me chamou para sair e, quando cheguei, ela não estava sozinha. Tinha um menino junto com ela.

— Quem é esse? — perguntei.

— Uma pessoa que eu queria te apresentar! — disse Miho, sorrindo, e se voltou para o menino. — Desculpe, ela tem um pouco de fobia de homens... Mas você disse que gostava de meninas puras, né? Então pensei que vocês dariam um bom casal!

Fiquei imóvel, olhando para Miho. O menino pareceu alarmado.

— Quem é esse? — repeti.

Eu não sabia mais quem era Miho. Não entendia por que ela estava tão animada, não entendia por que ela achava tão imprescindível que eu fizesse sexo com alguém.

Deixei os dois lá e fui embora. Enquanto saía, ouvi o rapaz rir e falar para Miho:

— Sei que eu disse que prefiro virgens a artigos de segunda mão, mas isso aí já é demais.

Eu sentia que não seria capaz de cumprir minha tarefa como ferramenta da Fábrica. Talvez eu não compreendesse as coisas que os terráqueos faziam por ser de Powapipinpobopia. Na Terra, as mulheres jovens têm de se apaixonar e fazer sexo, e, quando não fazem isso, todos consideram que elas estão vivendo uma juventude "triste", "sem graça", "da qual vão se arrepender".

— Você precisa tirar o atraso! — Miho costumava dizer.

Eu não conseguia compreender por que deveria correr atrás de uma coisa que eu não desejava.

É que em breve nós seríamos despachadas para a Fábrica, e os preparativos precisavam avançar eficientemente. Quem ficasse pronto antes tinha de "guiar" quem ainda não estava pronto. Miho estava me guiando.

Eu não entendia as ações dos terráqueos. Se eu fosse terráquea, talvez também me deixasse governar naturalmente pelos genes, como Miho.

Devia ser uma vida tão tranquila, sem questionamentos.

Era fim de ano, a cidade estava tomada pelo verde e branco romântico das árvores de Natal.

O mundo é um sistema organizado para as pessoas se apaixonarem. Um sistema em que quem não consegue se apaixonar é forçado a agir de maneira próxima do amor. O que será que veio antes, o sistema ou o amor? Eu sabia apenas que os terráqueos pareciam ter desenvolvido esse esquema com o objetivo de se reproduzir.

Peguei o trem para o subúrbio residencial onde eu morava. Saindo da estação para a avenida, deparei com os pais do professor, distribuindo seus panfletos.

As pessoas cruzavam com eles ignorando suas expressões de sofrimento e clamores de "Ajude-nos com qualquer informação, qualquer coisa!". Todos desviavam das mãos idosas que ofereciam panfletos, com o ar desconfortável de quem não sabe como reagir. Os pais do professor, que na época do crime eram vistos com tanta piedade, agora haviam se tornado corpos estranhos naquele bairro e eram tratados como um incômodo.

Desviei o olhar e segui para casa evitando que me vissem.

Os humanos ficam muito nervosos quando alguém mata uma criatura que herdou seus genes. Desde aquele dia, os pais do professor eram movidos apenas pela tristeza e pela raiva.

As ruas próximas à estação tinham mudado bastante desde que eu era criança. Agora eram movimentadas, com shoppings e *outlets*. Em meio às decorações natalinas, passeavam famílias e casais de estudantes de mãos dadas.

A Fábrica parecia apregoar cada vez mais intensamente o quão maravilhoso era o amor e o quão incrível era produzir mais pessoas como resultado desse amor.

Dentro de minha barriga, eu tinha um útero já pronto para a Fábrica de Gente. Eu estava chegando à idade em que começaria a ser repreendida caso não fingisse estar usando esse órgão.

No dia seguinte, acordei com uma movimentação e encontrei meu marido já se aprontando para sair.

— Você não vai tomar café da manhã?

— Não, porque pretendo passar só uma noite lá. Já chamei um táxi. Quero ir logo, resolver isso e voltar.

— Entendi. Boa sorte.

Ele tinha acabado de sair quando Yuu desceu do andar de cima.

— E Tomoya?

— Ele já foi.

— Nossa, já?! Eu falei que daria uma carona...

— Ele tem esse jeito meio impaciente.

Yuu suspirou.

— Bem, então eu saio depois de tomar café da manhã.

— Aonde você vai?

— Vou descer para a cidade e passar a noite em uma pousada.

— Ué, por quê?

— Não é possível... Você não compreende nem o básico, que nós dois não podemos passar a noite aqui sozinhos? — disse Yuu.

Nem as coisas que eu dizia, nem as coisas que meu marido dizia alcançavam Yuu. Ele continuava obedecendo apenas à voz do mundo. Tive inveja dele, pois esse seu excesso de escrúpulos era uma prova de que sua lavagem cerebral havia sido completa.

— Pode deixar que eu vou para a pousada. Afinal, eu sou a intrusa aqui...

— Mas você sabe dirigir? Só tem um ônibus por dia. É mais fácil eu ir — respondeu ele, mal-humorado, e foi para o banheiro lavar o rosto.

Depois de causar tantos incômodos, o mínimo que eu poderia fazer era preparar o café da manhã. Estava indo para a cozinha fazer isso quando ouvi um carro se aproximar da casa.

Fui olhar, pensando que talvez meu marido tivesse esquecido alguma coisa, mas era um carro de cor laranja que eu não conhecia. De dentro dele saiu um homem bronzeado de sol, que me viu e se aproximou com um ar desconfiado.

— Yota? — O nome escapou de minha boca quando vi seu rosto.

Era o filho mais velho de tio Teruyoshi, um dos primos que costumavam correr, junto comigo, pela casa de Akishina.

— Natsuki? — exclamou ele, surpreso.

Eu fiz que sim com a cabeça.

— O que você está fazendo aqui?

— Vim passar uns dias, junto com meu marido.

— E Yuu?

— Está lá dentro.

A expressão de Yota se enevoou. Bem nessa hora, Yuu apareceu na porta e pareceu aliviado.

— Ah, Yota! Você veio em ótima hora. Não quer tomar café da manhã? Eu vou comer e sair.

— Tá, mas e o marido da Natsuki?

— Ele precisou ir para Tóquio tratar de um assunto, saiu agora há pouco. Então eu estou pensando em ficar hospedado lá na cidade esta noite.

— Entendi. Mas esse marido não é muito sensato, né? Tudo bem que vocês são primos, mas não é normal sair e deixar os dois sozinhos assim. Casais devem fazer as coisas juntos.

— É, né? Eu também acho — concordou Yuu, tranquilizado.

O senso comum de Yota parecia ressoar profundamente com o de Yuu. Vendo como ele estava relaxado, completamente diferente de como estivera até então, me admirou como as pessoas se abrem quando estão com alguém que compartilha suas opiniões.

Yuu explicou habilmente a situação, substituindo palavras mais pesadas como "incesto" por termos como "trabalho", e assim pareceu sossegar Yota, que estava achando tudo aquilo incompreensível.

— Bom, num caso assim, não tem jeito. Por que você não fica lá em casa, Yuu? Não tem por que gastar dinheiro num hotel.

— Ah, se você não se importar…

Yota morava em Ueda, com sua mulher e os filhos. Ele estava operando perfeitamente como uma peça da Fábrica, pensei admirada.

— Peço desculpas se fui grosseiro, Natsuki. É que... depois daquele dia, os parentes deixaram de vir para cá no verão... Eu não entendi nada, só fiquei chateado. Aí quando a vó morreu todo mundo veio, claro, menos você. Perguntei o motivo para o meu pai, ele me disse que agora eu já tinha idade para saber e me contou o que aconteceu na noite do enterro do vô. Eu fiquei muito surpreso e, para falar a verdade, achei nojento.

Yuu escutava assentindo com a cabeça. Chegava a parecer feliz, apesar de estar sendo chamado de nojento. A expressão ansiosa que carregava quando estava comigo e com Tomoya havia desaparecido e ele tinha recuperado a autoconfiança. O senso comum é uma doença contagiosa e é difícil manter a infecção sozinho. Talvez, ao encontrar Yota, ele estivesse se reabastecendo, pela primeira vez em muito tempo, dos germes de seu senso comum.

— Desde que Yuu veio morar aqui, eu venho às vezes, para ver como estão as coisas. Fazia tempo que eu não a via, Natsuki, e também teve toda aquela história, então fiquei meio nervoso.

— É, eu entendo! — concordou Yuu, enquanto enchia alegremente a xícara de chá do primo.

— Vocês nunca mais tinham se encontrado?

— Não, nunca mais nos falamos, desde aquele dia — respondeu Yuu imediatamente.

— É, né... — disse Yota, pensativo. — Depois daquilo nem a sua mãe apareceu mais. Ela foi praticamente deserdada. Eu só soube que foi suicídio quando cheguei no funeral dela.

— Foi suicídio? — exclamei, surpresa. Minha irmã não tinha me contado a causa da morte.

— Você não sabia? — perguntou Yota, olhando para mim. — Também não te contaram nada, então?

— … não.

— Depois daquilo, todos os parentes se afastaram. Eu acho mesmo que o que a gente fez foi errado — murmurou Yuu.

— Errado. Então é assim que você vê, Yuu?

— É assim que qualquer pessoa veria. — Yuu me encarou. — Foi um erro.

Engoli e abri a boca para retrucar, enquanto Yuu me encarava, mas Yota interveio num tom animado para quebrar a tensão:

— Puxa, a casa da vovó está ficando velha, hein? Os tatames da sala do altar estão estropiados…

— É verdade! Nem dá para acreditar que todos os primos ficavam juntos aqui nesta sala.

— É, não dá para acreditar.

Eu e Yuu concordamos.

— No verão a gente sempre acendia fogos de artifício no jardim… Parece que foi um sonho. — Yuu estreitou os olhos, relembrando. — Você sempre pegava dois de uma vez e levava bronca do tio, lembra, Yota?

— Eu não gosto daqueles pequenininhos, tipo estrelinhas. Achava legal que meu pai sempre acendia uns grandes.

— E tinha aqueles que soltavam miniparaquedas, lembra? A gente brigava tentando pegar os paraquedas!

Ficamos conversando sobre nossas recordações. No mundo do passado, nós realmente tínhamos nos sentado todos juntos naquela varanda, lado a lado, comendo melancia. Uma cena que já não existia mais em lugar nenhum.

Tomamos o café da manhã os três juntos, depois Yota e Yuu foram embora montanha abaixo.

— Natsuki, você vai ficar bem dormindo sozinha aqui nesta casa? Não quer vir também? — ofereceu Yota. — Você pode ficar no quarto de minha esposa.

— Não pega bem ela fazer isso sem a permissão do marido — cortou Yuu, olhando-me com desdém.

Quando estão protegidas pelo senso comum, as pessoas começam a julgar as outras.

— Vou dormir aqui sozinha — respondi.

Meu marido voltou no começo da tarde do dia seguinte.

Eu estava à toa, sentada com os pés no *kotatsu*, quando ouvi o barulho da porta e ele apareceu no hall de entrada, pálido.

— Oi, Tomoya. Como foi lá?

— Estou sendo seguido. Preciso me esconder, rápido.

Ele tremia. Antes que eu conseguisse extrair dele mais alguma informação, ouvimos um carro se aproximando, e Tomoya soltou um grito de pavor.

Deixei-o escondido na cozinha e saí. Mas o carro não era de seus perseguidores, era de Yuu. Ele desceu tranquilamente e veio em minha direção.

— Passei por um táxi e pensei que podia ser o de Tomoya. Ele já voltou?

— Então...

Antes que eu pudesse explicar, ouvimos mais um carro chegando. Olhei, temerosa, e dessa vez era um automóvel preto e grande. Uma enorme sombra negra saiu de dentro dele. Eu agarrei a mão de Yuu, arrastei-o para dentro de casa e tranquei a porta.

— E agora, Yuu? É um emissário da Fábrica que veio atrás de Tomoya.

— Emissário?

Meu marido estava encolhido na cozinha.

Pouco depois, uma grande silhueta escura surgiu do lado de fora do vidro fosco da porta.

— Tomoya! Apareça, eu sei que você está aí!

— Quem é esse? — sussurrou Yuu em meu ouvido.

— É o pai de Tomoya.

Yuu arregalou os olhos.

— Mas então a gente precisa convidá-lo para entrar! Não podemos mandar o pai de Tomoya embora! — Ele se voltou em direção à porta e anunciou: — Só um momento, senhor! Sou eu que moro nesta casa, já vou abrir.

Yuu abriu a porta e diante dela estava meu sogro, com o rosto e o pescoço rubros de ódio.

— Com licença, meu filho está aqui? — perguntou ele, já entrando na casa e gritando: — Tomoya!

Ele logo encontrou meu marido e o arrastou para fora da cozinha.

— Seu idiota!

Enquanto ele batia em meu marido, fiquei pensando no quanto aquilo se parecia com uma cena de novela.

Quando eu era criança, sempre achava engraçado esse tipo de novela sobre a vida doméstica, por mais sérios que fossem os temas. Agora, vendo aquela cena ser representada diante de meus olhos com tamanha convicção, também tive vontade de rir.

— Senhor, por favor, se acalme!

Yuu também executava muito bem seu papel, tentando desesperadamente apartar a briga. Ele mergulhara por completo na novela representada por meu sogro.

— Pare com isso! Socorro! — gritava meu marido, sofrendo.

Yuu conseguiu segurar meu sogro, e Tomoya veio se refugiar a meus pés.

— Você quer que eu te socorra, de verdade? — perguntei. No hall de entrada tinha uma foice de cortar mato. — Hein, Tomoya? Você quer mesmo que eu te socorra? Se você quiser de verdade, eu faço tudo o que puder.

Ele percebeu a direção de meu olhar e se apressou em sacudir a cabeça.

— Não, na verdade eu não quero.

— É? Então está bem — respondi.

Meu sogro se livrou das mãos de Yuu e agarrou novamente Tomoya, que logo retomou sua performance:

— Pare com isso! Socorro!

— Seu grandessíssimo imbecil! — Meu sogro continuava gritando suas falas e socando o filho, completamente absorto em seu papel.

Um dente de meu marido voou para perto de meus pés. Estava sujo de sangue. Recolhi o dente ensanguentado e o guardei no bolso.

Ao lado de Tomoya, Yuu continuava a implorar:

— Não faça isso, por favor! Acalme-se!

Ele se parecia bem mais com uma esposa do que eu.

Segundo meu sogro, Tomoya de fato fora para a casa de seu irmão e o convidou, muito tranquilamente, a praticar o incesto. Explicou, com muito afinco, que não era uma questão de paixão ou afeto, mas simplesmente porque ele gostaria de, através do incesto, tornar-se outra coisa que não fosse um humano.

Meu cunhado ficou com medo de Tomoya estar envolvido com alguma seita perversa, então tentou acalmá-lo e o convidou para almoçar, enquanto gravava escondido a conversa em seu iPhone. Depois deixou meu marido dormindo embriagado no sofá, foi se encontrar com o pai deles e lhe disse que o irmão parecia ter enlouquecido. Tomoya, que dormia alheio a tudo, foi acordado por uma ligação do pai enfurecido, e então fugiu para Akishina, pegando o trem-bala e um táxi. Meu sogro pediu o endereço da casa a meus pais e conseguiu alcançá-lo sem dificuldade.

Eu e meu marido fomos arrastados para dentro de seu carro.

— Mas que vergonha, dois adultos feitos! — disse, pisando irritado no acelerador.

Eu estava sendo levada de volta para a Fábrica, exatamente como naquele dia. Mais uma vez, as pessoas normais estavam me carregando de volta para a cidade.

Pela janela do carro, vi Yuu parado diante do celeiro.

Ele olhava em nossa direção com um ar perdido e a boca entreaberta. O carro partiu, e sua figura foi ficando cada vez mais distante.

6

Lançados de volta para dentro da Fábrica, enfrentamos longos dias de interrogatório e investigação.

Os pais de meu marido e os meus discutiram a questão entre si, e a primeira coisa que fizeram foi nos separar para nos interrogar individualmente. Meu marido foi levado para a casa de seus pais, no bairro nobre de Seijo, e eu para a casa dos meus, no subúrbio residencial de Chiba.

Eu tinha esperanças de finalmente receber minha lavagem cerebral, mas mantive o silêncio em consideração a meu marido. Todos os dias meus pais e minha irmã, que os visitava com frequência, tentavam extrair de mim alguma informação, mas não abri a boca.

— Nessas horas essa menina é muito teimosa... — suspirava minha mãe.

Certa noite, quando o interrogatório já durava cerca de uma semana, ela apareceu com uma garrafa de *brandy* e me convidou, com falsa descontração:

— Não quer tomar uma coisinha?

— Não, obrigada — recusei.

— Ah, não fale assim... Vamos beber um pouco e conversar, só nós, as garotas!

Eu raramente via minha mãe bebendo, mas, pela maneira como serviu para si mesma um copo de *brandy* puro, só com gelo, talvez na verdade ela fosse forte para a bebida.

Relutante, levei à boca o copo que ela me ofereceu. Não senti o sabor, mas gostei da sensação refrescante do gelo.

— Sabe, outro dia encontrei com os pais de Tomoya para conversar... — começou ela, depois de alguns momentos. — E eles disseram que vocês dois, áhn, não... *namoram*?

Eu fiquei estarrecida. Jamais imaginaria que meu marido deixaria escapar alguma informação sobre as peculiaridades de nossa vida conjugal.

— Assim não dá, Natsuki. Essas coisas são muito importantes para o casal, sabe? Eu sei que tem casais que no começo namoram bastante e depois acabam parando. Vi um programa sobre isso na televisão. Mas, pelo que eu soube, vocês nunca namoraram, nem uma única vez!

Ouvi um tilintar e baixei os olhos para meu copo. Vi que os gelos se agitavam dentro dele. Era curioso observar meus dedos tremendo daquele jeito.

— *Namorar* é uma das funções de uma esposa! Tomoya nunca fica muito tempo no mesmo emprego, fica? Mais um motivo para você apoiá-lo, entende? Afinal, vocês são um casal.

Meu corpo não era meu. Durante todo esse tempo eu estivera, discretamente, deixando de cumprir a minha função como ferramenta da Fábrica. Chegara a hora de ser julgada por isso.

Eu sempre aguardei, num misto de resignação e expectativa, o dia em que os terráqueos se uniriam para me fazer a lavagem cerebral. Mas eu não imaginava que esse momento chegaria tão rápido, tampouco dessa maneira.

Quando eu disse que queria encontrar meu marido e conversar com ele, minha mãe se alegrou:

— Claro que você quer! Vocês já estão separados há uma semana. Devem estar com saudades, afinal, vocês são um casal. — Ela afagou as minhas costas. — Você entendeu o que eu falei, não entendeu? Vocês têm que namorar, tá? Tomoya se desenvolveu tarde, então você precisa tomar a iniciativa e ensinar tudo para ele. Mostrar o passo a passo. Mas tudo com jeitinho, discretamente, para não ferir o orgulho dele. Isso é parte do trabalho de uma boa esposa, viu?

No dia seguinte, fui até a casa dos pais de meu marido em Seijo e toquei a campainha. Minha sogra me recebeu com um sorriso.

— Ah, Natsuki, como vai? Já estou sabendo. Você pode dormir aqui esta noite e amanhã vocês voltam para casa.

Ela me levou até a sala de estar e serviu chá.

— E Tomoya…? — perguntei.

— Áhn… Bem, talvez você se assuste um pouco quando o vir…

As portas de correr da sala de estar se abriram e meu sogro entrou na sala.

Atrás dele apareceu meu marido. Pelo jeito, ele tinha apanhado muito, pois tinha o rosto e os braços cheios de hematomas, e estava com a cabeça raspada como um monge.

Meu sogro me lançou um olhar enfezado:

— Ah, você veio, foi? Vou te falar, não sei qual é o problema com vocês dois! Fiquei sabendo que vocês nem sequer praticam o ato? Isso é ainda pior do que se você não fosse capaz de gerar filhos!

— Ai, querido! Hoje em dia não pode falar assim, é politicamente incorreto. Natsuki é de outra geração, um novo tipo de mulher. Você precisa ser delicado. Não é, Natsuki? — Minha sogra sorriu para mim, enquanto servia chá para o marido.

— E eu lá me importo? Você sabe que eu não suporto essa gente que não cumpre suas obrigações, mas quer cobrar seus direitos. — Ele estava irritado. Fechou a cara ao tomar o chá. — Está amargo. Faça outro.

Minha sogra forçou um sorriso e se apressou em colocar mais água na chaleira.

— Se você ficar falando desse jeito, ela só vai ficar mais teimosa. Não é mesmo, Natsuki?

— Seja como for, tratem de fazer logo uma criança, vocês dois. Ou então, se não vão mesmo ter relações, anulem o casamento. Isso não é normal!

— Nós é que decidimos essas coisas — murmurou meu marido careca.

Minha sogra suspirou.

— Veja bem, Tomoya. Uma coisa é um casal *namorar* bastante, formar família, e aí depois a relação esfriar e o marido arranjar outra. Esse tipo de coisa sempre aconteceu, sabe? Dar umas saidinhas faz parte da natureza do homem, seu pai também já aprontou as dele. Mas se desde o começo vocês não têm relações, nem são um casal!

— Em Los Angeles, não ter relações conjugais é motivo suficiente para se divorciar, sabia? Por que vocês não procuram um terapeuta?

Não entendi por que Los Angeles apareceu de repente na conversa. Mas meu sogro dissera isso com um ar muito sério, enquanto tomava o novo chá preparado pela esposa.

— É mesmo. Você entrou para nossa família, Natsuki. Se não fizer direito sua função como esposa, fica complicado para nós.

— Vocês estão todos loucos — murmurou meu marido, fitando o chão.

Naquela noite, levantei-me para ir ao banheiro e escutei meus sogros conversando:

— Será que essa mulher ainda menstrua, nessa idade? Já não parou?

— Ai, querido, como você é! Isso ainda não é um problema. Apesar de ela já estar um pouco velha para o primeiro filho...

— Vai ver é melhor separar os dois e arranjar uma mulher mais nova para Tomoya.

— Mas Tomoya sempre foi um menino difícil. E ele se desenvolveu tarde... Bem, eu acho que podemos esperar mais um ano e ver o que acontece. Se ela não engravidar até lá, a gente pensa. Afinal, para o homem não tem problema ser velho, desde que a mulher seja jovem.

No mínimo, ser tratada tão explicitamente como uma ferramenta deixava tudo mais transparente do que quando ficavam falando sobre amor e paixão, então nem fiquei muito incomodada. Pelo contrário, até me senti vingada ao ver meus sogros mostrando sua verdadeira face. Tinha vontade de esfregar na cara deles a realidade: o pessoal da Fábrica de Gente podia até tentar embelezar o mundo com seus eufemismos, mas, no fim das contas, seu objetivo era tão somente o de produzir mais humanos.

Quem mais sofreu com o comportamento de meus sogros foi Tomoya. No café da manhã do dia seguinte, ele fez de tudo para me defender.

— Natsuki é uma pessoa muito especial. Não tem ninguém como ela no mundo.

— Ora, ora, mas como você está apaixonado! Bom, de fato, eu diria que ela é especialmente estranha — disse minha sogra com uma risadinha, servindo arroz na tigela do filho.

Eu ri também, e ela me olhou com repugnância.

O útero dessa mulher e os testículos de meu sogro também eram ferramentas. Eles viviam sob o controle de seus genes, mas, apesar disso, agiam assim, orgulhosos. Até seu orgulho era controlado pela Fábrica. Chegava a ser engraçado — coitadinhos dos terráqueos...

Ser tratada como ferramenta por outras ferramentas não me incomodava muito. Era bem mais desagradável quando meus pais ou minha irmã tentavam se aproximar, cheios de falsa gentileza.

— Eu sei como você se sente, filha. Também passei por isso quando era jovem — dizia minha mãe, e minha irmã concordava com a cabeça.

— É, eu também sei! Mas quando você tiver filho, não vai nem acreditar como é possível gostar tanto de alguma coisa!

As duas falavam sem parar sobre como era maravilhoso se tornar "Mãe", como se pregassem uma religião. Eu realmente queria que elas me fizessem logo a lavagem cerebral, mas aquela situação só me deixava desconfortável, pois eu desconfiava que apenas "as maravilhas da maternidade", entoadas assim como mantra, não seriam suficientes para uma doutrinação efetiva. Ficava ouvindo as duas falarem aquele sem-fim de "eu sei como é!", enquanto implorava mentalmente para elas arranjarem métodos mais criativos de lavagem cerebral.

Depois de muitas horas de sermões, eu e meu marido fomos finalmente liberados do interrogatório e pudemos voltar para nosso apartamento.

— Ai, que martírio — gemeu meu marido.

Eu suspirei. Ele olhou para o chão, culpado.

— Por minha causa você acabou sendo interrogada também... Me desculpe, de verdade.

— Não tem problema. Eu sou uma extraterrestre, esse tipo de coisa não me incomoda muito. Mas e você, tudo bem?

Meu marido concordou com a cabeça, mas estava pálido. Talvez estivesse chegando no limite.

Na semana seguinte, Shizuka me convidou para jantar. Meu marido disse que também ia encontrar um colega dos primeiros anos de escola, e saímos para jantar cada um em um lugar.

Eu voltei antes do encontro com Shizuka e estava sentada à toa no sofá, quando ouvi a porta se abrir.

— Oi!

— Oi, cheguei.

Meu marido entrou com um ar deprimido. Ao ver seu rosto eu desconfiei:

— Por acaso tinha a mão da Fábrica nesse convite?

— ... no seu também?

Eu assenti com a cabeça.

Nós dois tínhamos saído de casa alegremente, animados para encontrar amigos de infância, só para descobrir que eram armadilhas da Fábrica.

O marido de Shizuka aceitou cuidar das crianças e nós fomos jantar em um restaurante italiano no shopping perto da estação.

— Então, para falar a verdade, foi sua mãe que me pediu... — começou ela.

"Ah, não!", pensei.

Eu tinha poucos amigos, então ficara feliz com o convite de Shizuka. Também havia saído alegre de casa porque era um alívio estar finalmente livre dos interrogatórios de minha família. Mas, no fim, descobri que Shizuka também estava mancomunada com meus pais.

— Veja, eu falo porque sou sua amiga... Isso é muito esquisito! Você nunca cuida da casa, nem quando não está trabalhando, né, Natsuki? Quando ouvia suas histórias, eu achava legal que seu marido ajudava muito em casa, mas eu não sabia que vocês separavam absolutamente tudo! A roupa, a faxina, até a comida... Compartilhar as tarefas é bom, mas dividir tudo desse jeito não é normal! Vocês vivem como se fossem colegas de apartamento. Isso não é um casamento! E, além de tudo, nunca *namoraram*, nem uma vez? Não acredito.

Quem não acreditou fui eu. Por que é que Shizuka, que nunca tinha desconfiado de nada e inclusive costumava suspeitar que eu estivesse grávida, agora sabia até de minha vida sexual? Eu não sabia se ela estava falando com a minha irmã ou com minha mãe, mas quanto será que ela sabia sobre a nossa vida conjugal? Pensei, com um arrepio, que se descobrissem sobre o "rotadefuga.com", era provável que nos separassem à força.

Mas, pelo visto, Shizuka não sabia como eu e Tomoya nos conhecemos. Talvez tivesse ficado sabendo dessas coisas pelos amigos dele. Eu sabia que, desde que os amigos dele descobriram sobre a nossa divisão total de tarefas domésticas, me chamavam de "esposa tóxica". Quem sabe essa informação tinha acabado chegando até ela.

— Eu acho que um casal só vira casal de verdade depois de *namorar*, sabe?

Por que é que, de repente, todos os terráqueos tinham começado a se referir ao sexo como "namorar"? Vai ver, o jeito que eles usavam as palavras era contagioso.

— Escuta, se vocês não conseguirem mesmo *namorar*, eu acho que o melhor seria se separarem. Melhor para os dois, sabe? Não é normal um casal que não *namora*!

Eu só respondia com um "arrã" qualquer, ou "é mesmo", e checava o relógio, pensando em quantas horas faltavam para eu poder voltar para casa.

Pelo jeito, meu marido enfrentara a mesma coisa. Seu amigo de infância, movido pelas mãos da Fábrica, passara-lhe um sermão interminável.

Tomoya suspirou e cobriu o rosto com as mãos.

— Por que temos de aturar tudo isso? Estávamos felizes, apenas vivendo nossas vidas. — Ele se encolheu no sofá, com a cabeça entre as mãos. — Eles estão observando a gente. O pessoal da Fábrica está de olho. Não dá mais para fugir.

— Parece que aqui na Terra todos os casais precisam copular, né?

— Ter de trabalhar, ainda vai. Mas copular é demais. Se a gente fizer isso, não vamos mais ser as mesmas pessoas.

— Só que nossos corpos não são propriedades nossas, são do mundo. Nós somos ferramentas do mundo, então, enquanto a gente não copular, vamos ser perseguidos.

— Mas por quê? Se o corpo é meu?!

— Porque aqui é uma Fábrica. Somos escravos dos genes.

Meu marido ficou imóvel, de bruços. Talvez estivesse chorando.

A campainha do apartamento soou. Podia ser uma entrega, ou um emissário da Fábrica.

Na manhã seguinte minha irmã disse que queria conversar comigo e me chamou para uma salinha privada de karaokê, num shopping perto da estação.

Eu já estava farta de ser arrancada de casa para ouvir sermões, mas ela disse que tinha um assunto sobre o qual não queria falar na frente de nossa mãe, então fui encontrá-la, contrariada.

Eu sempre fui cuidadosa para ninguém ver o conteúdo de meu celular, mas era possível que ela tivesse descoberto, por algum outro caminho, sobre o "rotadefuga.com".

Se meus sogros ficassem sabendo, provavelmente seria o fim de meu casamento. Eu precisava dar um jeito de convencer minha irmã, uma fiel da religião do amor, que eu amava meu marido. Era isso o que passava pela minha cabeça enquanto eu a encarava, dentro da pequena sala privada de karaokê. Eu tinha acabado de tomar um gole de meu chá *oolong* quando ela começou por um assunto inesperado:

— Eu sei por que você não consegue *namorar* — falou ela tranquilamente, sem pressa. — Quando a gente era criança, o professor do cursinho aprontou com você, não foi?

Minha garganta se fechou e eu não consegui mais respirar direito.

— ... como você sabe?

— Eu vi vocês. No dia do festival, fui buscá-la porque você estava demorando demais e vi ele levando você para dentro de uma casa. Eu fiquei intrigada, dei a volta até o jardim e olhei lá dentro. E aí vi vocês se beijando.

A gente tinha se beijado? Minhas memórias desse dia eram tão vagas que eu não conseguia afirmar com certeza que não tinha feito isso.

— Eu vi aquilo e pensei como você era sortuda — continuou minha irmã.

— ... sortuda?

Eu só consegui repetir, feito uma idiota.

— Ué, você ainda era criança e já tinha sido escolhida por aquele cara lindo, que estudava em uma universidade ótima... Naquela época, eu achava que as pessoas só podiam experimentar o amor se os deuses permitissem. Eu, que era feia, gorda, peluda, motivo de piada na escola, não tinha recebido essa permissão. Mas você era diferente, Natsuki. Não só o primo Yuu, mas até um homem adulto já estava interessado por você. Fiquei morta de inveja.

Eu não compreendia o que minha irmã estava dizendo.

— Eu sempre acreditei que a vida ia ser que nem a história da Cinderela, sabe? Que mesmo que eu fosse uma pobre coitada miserável, um dia um príncipe iria me achar. Mas, naquela época, ninguém nem olhava para mim. Eu não tinha a permissão dos deuses para amar. Mas ele morreu, né, aquele professor. Foi você que o matou?

— Claro que não, que ideia — respondi imediatamente.

Minha irmã concordou com a cabeça.

— É, né? É que você ainda era criança, pensei que talvez ainda não entendesse como é maravilhoso para uma menina quando um homem se interessa por ela. E aí, quem sabe... Mas não pode ser. Você ainda estava no sexto ano, não conseguiria matar um homem adulto.

— Uma criança nunca conseguiria fazer uma coisa dessas. Foi um maníaco pervertido, eles disseram no noticiário.

Esforcei-me para falar num tom neutro, mas minha voz tremeu no fim das palavras.

Minha irmã ficou me encarando com um sorriso tão inabalável que chegava a ser aflitivo, enquanto cruzava e descruzava as pernas. Ela estava de saia, o que era raro.

— Verdade. Mas se por acaso tivesse sido você, eu teria de fazer todo o possível para te acobertar. Afinal, ninguém nunca iria se interessar pela irmã de uma assassina. Minha vida como mulher estaria acabada.

Ela sorriu e vi a saliva brilhando sobre uma mancha de batom nos seus dentes da frente. Mesmo depois de adulta, minha irmã deixava a chave de sua vida nas mãos de outras pessoas. Isso não dava medo? Por que ela estava tão animada?

— Mas escute, Natsuki. Você não pode continuar assim. Me parte o coração dizer isso, mas não vão deixar você continuar fugindo desse jeito. Você tem de namorar, ter filhos, viver uma vida decente.

— Quem? Quem é que não vai deixar?

— Todo mundo. Todas as pessoas do planeta — respondeu minha irmã, sem titubear. — Sabe, para mim, a adolescência também foi muito difícil. Mas, quando eu conheci meu marido, minha existência passou a ter valor, pela primeira vez. Se meu marido não tivesse se interessado por mim, eu nunca teria conhecido a felicidade como mulher. Fico muito feliz por ele ter me encontrado, e não quero destruir essa felicidade de maneira nenhuma. Natsuki, você também precisa esquecer essas coisas do passado e buscar sua felicidade como mulher. Isso é o melhor para nós duas.

De repente, levei a mão à orelha direita. Um zumbido elétrico agudo preencheu meu ouvido e a voz da minha irmã chegava até mim de longe, como numa ligação telefônica.

— Parece que Yuu está finalmente tentando virar uma pessoa decente, também. Logo depois que vocês voltaram de Akishina, ele conversou com o tio e saiu daquela casa. Agora tomou emprestado um quarto na casa do tio enquanto procura um emprego e um lugar para morar.

— Yuu...

Então Yuu também vai virar uma peça da Fábrica, assim como eu e Tomoya... pensei, distraída, enquanto ouvia a voz da minha irmã encoberta pelo zumbido.

Voltei para casa e abri o armário. Peguei a lata que estava lá e ergui sua tampa com delicadeza. Piyut estava deitado dentro dela.

— Piyut, fale comigo. Por favor.

Era a primeira vez em vinte e três anos que eu tentava falar com Piyut, mas ele não respondeu.

— Eu quero usar os poderes mágicos de novo. Isso que aconteceu hoje, foi a Bruxa, não foi? Me responde, por favor.

Piyut não era lavado havia muito tempo e cheirava a mofo.

Eu me agachei, abraçada a ele. Talvez meu corpo tremesse, pois dentro da lata apoiada sobre o meu joelho o anel de arame se moveu, tilintando de leve.

Adormeci sem perceber e, quando acordei, ainda estava de maquiagem e com a mesma roupa. Saí do quarto para lavar o rosto e deparei com meu marido de terno, colocando uma gravata diante do espelho da sala.

— O que houve? Você tem algum compromisso?

— Bom dia, Natsuki. — O rosto de meu marido estava tenso. — Eu decidi obedecer à Fábrica. A primeira coisa que vou fazer é ir a uma agência de empregos.

— Sei...

— Depois vou à prefeitura pegar um formulário de divórcio.

— ... divórcio?

Ele se voltou para mim, com a gravata ainda torta.

— Quero me separar de você, Natsuki, por favor.

— Por quê?

— Eu já sou um caso perdido. A Fábrica já me pegou. Mas você, sozinha, ainda pode fugir. Quero que você fuja e se salve!

Abri a boca para falar, mas Tomoya agarrou meus ombros com força antes que eu pudesse dizer qualquer coisa.

— Eu sei que Yuu não acreditou que você é extraterrestre. Pode ser que você mesma esteja se questionando. Mas você é do planeta Powapipinpobopia. Eu tenho certeza.

Ergui os olhos e o encarei, surpresa. Seus olhos estavam absolutamente negros, da cor do espaço sideral visto de Akishina.

— Então você tem de fugir da Fábrica, só você, por favor. Eu vou viver como um escravo da Fábrica. É o mesmo que estar morto. Mas você ainda pode sobreviver. Faça isso, por favor. Se eu souber que você está vivendo como uma powapipinpobopiana em algum lugar, vou conseguir sobreviver também.

Meu marido me conhecia melhor do que eu mesma. De fato, em algum canto de minha mente eu começara a desconfiar que, na verdade, fosse mesmo terráquea. Estava pensando que talvez eu tivesse virado powapipinpobopiana por algum tipo de doença mental, como uma forma de me proteger. E que, nesse caso, só me restaria ser escrava da Fábrica.

Então, Tomoya sabia.

— Eu... Pode ser que eu tenha matado uma pessoa — falei, encarando-o.

Ele não se abalou.

— É? Bem, você é de Powapipinpobopia. Para você, matar um terráqueo não deve ser muito diferente de, para uma pessoa, matar um rato. E o que tem isso?

— Como assim, o que tem isso?

— E daí?

— Só isso, mesmo.

— Ah.

Ele soltou um suspiro.

— Você não tem medo de mim?

Meu marido soltou meus ombros, terminou de arrumar a gravata e respondeu:

— Meu medo é de achar que as palavras que o mundo fala através de minha boca são minhas de verdade. Você não é assim. Por isso tenho certeza de que você é de Powapipinpobopia.

Eu abracei meu marido. Ele ficou surpreso e por um instante retraiu o corpo, mas depois relaxou e afagou minhas costas.

Senti pela primeira vez a temperatura de seu corpo. Não era muito quente. Seu peito e suas mãos estavam gelados.

Soltei-o e declarei:

— Eu sou de Powapipinpobopia. E agora você também é. Ser powapipinpobopiano pega. Do mesmo jeito que ser terráqueo é contagioso e é assim que todos se tornam terráqueos, ser de Powapipinpobopia também pega. Então, agora você também virou powapipinpobopiano. — Segurei sua mão fria. — Vamos fugir juntos.

— Para onde?

— Para uma vila perto do espaço.

— Se é assim, Yuu tem de vir com a gente. Se ser de Powapipinpobopia é contagioso, ele já pegou também. Vamos para Akishina, onde Yuu está esperando por nós.

— Yuu não está mais lá. Soube que, logo depois que a gente voltou, ele saiu de lá e foi para a casa do tio. Eu não tinha te contado, mas na verdade Yuu também é de Powapipinpobopia. Ele me falou quando a gente era criança. Talvez ele mesmo já não saiba mais disso, mas tenho certeza de que ele também é powapipinpobopiano.

— O quê?! — gritou meu marido. — Então a gente precisa socorrê-lo imediatamente. Senão ele vai ser contagiado pelos terráqueos!

Fizemos as malas rapidamente e pegamos um táxi para a estação.

— Natsuki, você sabe onde fica a casa de seu tio?

— Sei, eu tenho o endereço nos meus contatos.

— Ótimo. Então vamos direto para lá.

— Escuta, por que você se importa tanto com Yuu?

Meu marido inclinou a cabeça como se não entendesse o sentido da minha pergunta.

— Ué, ele nos abrigou, não foi? E não só isso. Ele me deixou falar minhas próprias palavras. Não sei se os terráqueos percebem, mas é uma coisa muito rara encontrar alguém assim. É um milagre. Eu quero retribuir o que ele fez por mim.

— Obrigada. — Apertei a mão de meu marido. — Que bom que eu vim para este planeta e me casei com você.

Do lado de fora da janela, a Fábrica de Gente passava muito branca em alta velocidade. Dentro dela, pares de humanos estavam presos a seus ninhos, tentando procriar.

A casa de meu tio não ficava longe da estação de Nagano.

Pelo que eu me lembrava, era a segunda vez que visitava aquela casa. Meu tio e meu pai não se davam mal, mas, para um homem quieto como meu pai, era cansativo conviver com alguém tão expansivo como meu tio. Então ele costumava recusar os convites para parar na casa do tio na volta das viagens de Obon. Só uma vez, quando um tufão nos impediu de voltar para Chiba, nós passamos uma noite lá.

Telefonei de surpresa, da estação, mas meu tio respondeu com simpatia que podíamos ir direto para sua casa. Fomos de táxi.

— Bem-vindos! Yuu saiu para fazer compras, mas deve voltar logo — disse ele, e nos levou até a sala de estar.

A casa dele me pareceu mais espaçosa e quieta do que eu me lembrava de quando era criança. Da outra vez em que eu estivera lá, minha tia ainda era viva e meus primos corriam pela casa, mas agora ela já havia morrido e fazia bastante tempo que o tio Teruyoshi vivia sozinho.

Ele nos contou que Yuu tinha saído da casa de Akishina e estava morando temporariamente no quarto do andar de cima que costumava ser de seus filhos.

— Yuu disse que ia procurar sozinho um emprego e um lugar para morar, mas eu bati o pé. Disse que seria muito difícil fazer tudo sozinho e insisti para ele passar um tempo aqui.

Primeiro Yuu procurou algum emprego pela região de Nagano mesmo, mas não encontrou nada de bom, então agora iria se mudar para uma quitinete em Tóquio para marcar algumas entrevistas por lá, disse meu tio.

— Eu falei que não tinha pressa, que ele podia ir com calma… Yuu já passou por tantas dificuldades. Eu queria que ele levasse a vida de um jeito mais livre, mais feliz. Mas ele é um menino muito certinho…

Tio Teruyoshi estava nos contando tudo isso quando ouvimos a porta se abrir.

— Ah, falando no diabo… Acho que ele chegou!

Yuu tinha ido comprar um terno para usar nas entrevistas. Ao entrar na sala e nos ver, ele fechou a cara.

— Eles ficaram preocupados com você e vieram até aqui!

— Preocupados comigo? Mas e com vocês, está tudo bem? Não tem problema vocês virem até aqui?

— Nós vamos abandonar a Fábrica. Hoje mesmo — respondeu meu marido.

— Tomoya! — interrompeu Yuu, aflito.

Meu tio pareceu inferir que a fábrica se referia ao trabalho de meu marido.

— As coisas andam tão difíceis com a crise, não é? Bem, Natsuki, vou deixar vocês à vontade. Devem ter muitos assuntos para colocar em dia, e eu preciso levar o cachorro para passear. Fiquem à vontade! — disse ele, e saiu da sala.

— Se você ficar falando essas coisas esquisitas, vão achar que você é estranho — disse Yuu, depois de se certificar que o tio havia saído. — E, uma vez que achem que você é estranho, fica muito mais difícil viver a vida.

Ele suspirou e se sentou em uma cadeira.

— Você vai mesmo deixar a casa de Akishina, Yuu? Nós estamos pensando em fugir da Fábrica e ir viver lá. Não quer vir junto? Será que você precisa mesmo se tornar mais uma peça da Fábrica de Gente?

— Obrigado por se preocupar comigo, Tomoya. Mas, desde o começo, meu plano era só descansar um pouco naquela casa. Como nos verões quando eu era criança. Eu fiquei até demais, para falar a verdade.

— Mas você é powapipinpobopiano — disse Tomoya.

Yuu retraiu o corpo, assustado, ao ouvir isso. Meu marido se inclinou para a frente e agarrou a manga da camisa dele.

— Natsuki me contou. Então quer dizer que você é de Powapipinpobopia e veio para cá numa nave espacial quando era criança?! Você podia ter me contado!

— Isso... Isso é só uma invenção boba de quando a gente era criança. Não é verdade.

— O que é a verdade? Para mim, parece só que você está tentando se forçar a virar terráqueo.

Yuu fitou o chão por um momento, mas logo ergueu o rosto e nos encarou.

— Eu escuto *ordens*. Desde quando eu era criança, sempre consegui ouvir o que os adultos queriam que eu fizesse, mesmo que eles não dissessem em voz alta. Principalmente minha mãe. Ela estava sempre me dando ordens, sem dizê-las. Então eu só precisava obedecer às ordens, sem pensar em nada. Eu sabia que essa era a única maneira que eu tinha de sobreviver.

Eu e meu marido escutamos em silêncio enquanto Yuu falava. Talvez fosse a primeira vez que eu o via falar tanto de uma vez.

— Depois que minha mãe morreu, passei a obedecer às vozes dos professores da faculdade e dos outros adultos a meu redor. Quando fui trabalhar, obedecia à voz da empresa. Eu vivia sem pensar, só obedecendo às ordens. Quando disseram de repente que minha empresa estava falida e tinha sido absorvida por outra companhia, pedi demissão porque era o que ela queria que eu fizesse. Mas, depois desse dia, parei de escutar as ordens que sempre me controlaram. E aí eu não sabia mais o que fazer, como viver. Ouvir essas ordens silenciosas sempre foi minha forma de sobreviver...

Meu marido, que ainda segurava a camisa de Yuu, apertou o tecido com mais força. Desse jeito, ia ficar amassado. Mas Yuu não se importou e continuou falando.

— Nessa hora, o tio sugeriu que eu descansasse um pouco e me convidou para passar um tempo aqui na casa dele. E aí me deu vontade de ir para a casa de Akishina. Mas isso também já acabou. Chegou a hora de ouvir novas *ordens*. Só isso.

Meu marido o olhava com a expressão triste e cândida de uma criança inocente levando uma bronca.

— Mas, Yuu... Assim você vai mesmo virar uma ferramenta da Fábrica de Gente. Sendo que, na verdade, você é de Powapipinpobopia, uma coisa tão maravilhosa...

Preocupada, perguntei baixinho:

— Eu também te dava ordens nessa voz silenciosa, Yuu?

Ele me olhou surpreso.

— Você? Hum... É verdade que eu sempre ouvi uma voz silenciosa vindo de você. Mas ela era diferente das ordens que os adultos me davam. Era um sinal de socorro. Foi isso que me atraiu até você. Talvez eu tenha sentido que nós éramos parecidos. Então eu ficava junto de você por vontade própria, Natsuki.

— Sei...

Sua resposta me tranquilizou um pouco, mas, por outro lado, Yuu sempre observava a situação e agia da maneira que esperavam dele. Talvez ele só estivesse dizendo aquilo, naquele momento, por saber que era o que eu queria ouvir.

— Então agora você vai virar terráqueo. É isso que você quer? — disse Tomoya.

— Que eu quero?... — A expressão de Yuu era de incerteza. — Eu não quero nada. Meu único desejo é sobreviver.

Talvez, no sentido de conduzir a própria vida rumo ao futuro, ele estivesse fazendo a melhor escolha. Eu não encontrei nada para dizer. Ao meu lado, meu marido se levantou:

— Entendi. Então, podemos fazer uma cerimônia de divórcio, ao menos?

— Cerimônia de divórcio? — repetiu Yuu, confuso. Eu também ergui os olhos e encarei Tomoya, sem compreender.

— Você e Natsuki fizeram uma cerimônia de casamento quando eram crianças, não foi? Eu também me casei com ela. Mas um contrato como o casamento não faz mais sentido em nossas vidas daqui por diante. Então, no caminho para cá, eu vim pensando que queria romper todos esses laços.

Tomoya tirou o anel que usava no dedo anelar e o colocou sobre a mesa.

— Vamos, Natsuki, você também.

Eu me apressei em tirar meu anel e colocá-lo ao lado do dele.

— Espera, então falta este...

Peguei a lata dentro da minha mala e juntei aos outros sobre a mesa o anel de arame da cerimônia que fiz com Yuu quando criança.

— Nossa, você ainda tem isso? — espantou-se Yuu.

— O meu, minha mãe encontrou e jogou fora... Puxa, isso me traz muitas lembranças!

— Vamos fazer um juramento de divórcio, os três juntos. Para celebrar o fim e o começo.

Incentivados por meu marido, eu e Yuu ficamos em pé em volta da mesa.

Tomoya me deu a mão, eu o imitei e assim nós formamos um círculo ao redor dos anéis.

— Yuu Sasamoto, você aceita deixar de ter Natsuki como sua legítima esposa e viver como um indivíduo separado dela, na saúde e na doença, na alegria e na tristeza, na fartura e na pobreza? Promete não amá-la, não respeitá-la, não consolá-la, não ajudá-la e, enquanto estiver vivo, viver somente para si mesmo?

— ... sim, prometo.

— Natsuki Miyazawa, você também aceita viver como um indivíduo separado de Yuu e, enquanto estiver viva, viver somente para si mesma?

— Prometo.

Meu marido assentiu com a cabeça, satisfeito.

— Certo, agora oficialize o nosso juramento de divórcio, Yuu.

Meio desorientado, Yuu fez o que ele pediu:

— Áhn... Tomoya Miyazawa, você aceita deixar de ter Natsuki como sua legítima esposa e viver como um indivíduo separado dela, er... na saúde e na doença, na alegria e na tristeza, na fartura e na pobreza? Promete não amá-la, não respeitá-la, não consolá-la, não ajudá-la e, enquanto estiver vivo, viver somente para si mesmo?

— Sim, eu prometo.

— Natsuki, você também promete?

— Prometo.

Tomoya assentiu novamente.

— Pronto, agora todos os nossos laços foram rompidos. Não somos mais família nem coisa nenhuma. Cada um é apenas uma criatura vivendo a própria vida

— disse ele. — Nós dois nos responsabilizamos por dar um destino a esses anéis. Obrigado.

Ele estendeu a mão, que Yuu apertou sem certeza.

— Bem, então nós vamos indo.

Eu e meu marido saímos para a rua.

— Mesmo que legalmente a gente ainda seja marido e mulher, agora já transcendemos esse tipo de relação.

— É — concordei.

Tomoya ainda era meu marido, mas, acima disso, ele era de Powapipinpobopia. Este era um fato no qual eu podia confiar muito mais do que no matrimônio.

Estávamos olhando ao redor, pensando para que lado poderia haver uma rua mais movimentada para pegarmos um táxi, quando ouvimos a porta se abrir às nossas costas.

— Er... Vocês vão mesmo, direto? — Yuu apareceu na porta.

— Sim, é o plano — respondeu meu marido, animado.

— Eu posso levá-los de carro, se quiserem. Quer dizer... eu posso, áhn... por que será? — Yuu parecia muito confuso.

— O que foi? — perguntou meu marido, intrigado.

— Não sei. É que eu ganhei minha liberdade, mas não lido muito bem com ela. É diferente das ordens, não tem nenhuma sinalização indicando o caminho. Mas agora, quer dizer, talvez já faça bastante tempo, eu tive de aceitá-la...

Ele ergueu o rosto e nos olhou com determinação.

— Mudei de ideia. Eu vou com vocês. Não me ocorre nenhuma outra maneira de usar minha liberdade.

Meu marido abriu um grande sorriso.

— Fico muito feliz. Quer dizer que a sua liberdade e a nossa estavam no mesmo lugar. Isso é um milagre, o tipo de coisa que não acontece toda hora! — exclamou ele, tomando a mão de Yuu entre as suas.

Yuu ainda parecia desorientado, mas disse:

— Vocês estão sendo perseguidos pela Fábrica, não é? Então é melhor não contar para o tio que vamos para Akishina. Depois eu ligo para ele e falo que decidimos ir juntos para Tóquio. Eu não tenho muita coisa para levar, então esperem só um minuto — disse ele, nos convidando a esperar dentro do carro.

Eu não sabia por que ele decidira ir para Akishina, mas fiquei muito feliz ao pensar que voltaríamos a viver os três juntos. Eu e meu marido nos sentamos no banco traseiro.

— Olha, a lua! — disse ele.

Sem que eu percebesse, a noite já tinha começado a cair e o céu azul a mudar de cor.

Do lado de fora da janela, a cidade ia se acendendo para a noite. As luzes se espalhavam pela superfície do planeta. E os terráqueos se moviam, apressados, sobre aquela esfera brilhante.

Quando chegamos novamente a Akishina, o céu estava repleto de estrelas.

Aquele breve período desocupado já dera à casa a atmosfera de um ninho abandonado. O ar em seu interior estava estagnado e cheirava a mofo, e os velhos tatames e colunas pareciam ainda mais dilapidados. No meio do corredor havia fezes de algum animal não humano.

Yuu devia estar cansado de dirigir até lá. Ele praticamente não falou enquanto nós abrimos todas as janelas para arejar, nos sentamos para aquecer o corpo no *kotatsu*, e esquentamos e comemos bolinhos *oyaki* que estavam no congelador.

— Está um pouco frio para ficar só com o *kotatsu*... Vou pegar o aquecedor elétrico!

Tomoya estava alegre e despreocupado.

— O que nós vamos fazer agora? — perguntei.

— Daqui para a frente, vamos ter de decidir! Afinal, agora nós nos tornamos receptáculos — respondeu meu marido, com a boca cheia de *oyaki*.

Eu e Yuu o olhamos espantados.

— Receptáculos?

— Ué, nós não temos mais planeta natal. Não sabemos nada sobre o planeta Powapipinpobopia, nem temos como voltar para lá. Então somos receptáculos vazios.

Ele me olhou como quem diz "que pergunta é essa, a essa altura do campeonato?" e limpou um pedaço de berinjela que grudara em seu lábio.

— Então, de agora em diante nós vamos viver como receptáculos. Na verdade, talvez ser powapipinpobopiano signifique isso, viver simplesmente como um receptáculo. Você não acha, Yuu?

Yuu se atrapalhou, surpreso ao ser incluído subitamente na conversa, e me olhou inseguro:

— Áhn... pode ser?

— É, sim!

Tomoya respondeu com tanta confiança que até eu comecei a achar que ele poderia estar certo. Também assenti, sem muita convicção:

— Pode ser... Afinal, nós somos extraterrestres, mas não sabemos nada sobre nosso planeta natal. É possível que todos os outros extraterrestres façam o mesmo.

— Fazem, sim! — afirmou meu marido, como se conhecesse muitos extraterrestres.

— Mas o que vamos fazer agora? A gente pode ser muito powapipinpobopiano, mas, para viver, contamos apenas com os conhecimentos terráqueos. Desse jeito, será que não vamos acabar virando terráqueos?

— Temos de pensar. Viver significa ter ideias. Vamos viver com as ideias que nós mesmos tivermos — disse Tomoya com uma expressão grave, e fungou.

— Ideias...?

— É. Em vez de ficar imitando os terráqueos, vamos produzir nossas próprias ideias e viver a partir delas. É assim que se sobrevive em um planeta estranho.

Essa frase me pegou de surpresa e olhei para Yuu. Nós ainda estávamos sobrevivendo. Ele parecia perdido em pensamentos.

— A primeira coisa a fazer é procurar alimentos — continuou meu marido. — Como se a gente tivesse acabado de fazer uma aterrisagem forçada neste planeta! Vamos ver o mundo novamente, a partir dessa perspectiva. Temos de examinar tudo com a Visão Extraterrestre. Este curioso alimento redondo é muito saboroso. Este objeto feito de madeira é quentinho. Mas vamos pensar mais a fundo… O que podemos fazer neste planeta, como receptáculos?

— Tem razão. Mas este planeta está muito gelado. Suponho que as coisas que os terráqueos chamam de cobertores sejam excelentes para dormir. Posso experimentar, ali no canto?

— Claro!

Yuu tirou alguns edredons de dentro do armário, amontoou-os ali mesmo na sala, se esgueirou entre eles e caiu no sono. Ele, que sempre arrumava cuidadosamente a cama, tinha simplesmente se enfiado no meio de uma pilha de cobertores como num ninho, e já dormia profundamente.

— Não sei por quê, mas parece que ele vai renascer dali — murmurei, olhando a montanha de cobertores. Parecia o casulo de algum animal misterioso.

A partir do dia seguinte, nossa vida ficou muito diferente.

Foi Yuu quem propôs que nós treinássemos todos os dias para não nos tornarmos terráqueos. Deveríamos treinar como powapipinpobopianos com a mesma dedicação com a qual havíamos treinado, até então, para sermos terráqueos.

Não havia necessidade de nos prendermos a conceitos como manhã e noite, mas decidimos que deveríamos sair para dar uma volta todos juntos uma vez enquanto o céu estivesse claro, e depois outra vez em algum momento enquanto estivesse escuro.

No começo ainda tínhamos a percepção de que eram sete horas da manhã, por exemplo, ou três horas da madrugada, mas aos poucos fomos perdendo qualquer noção de tempo, exceto se estava claro ou escuro.

Sem dúvida, os sentidos powapipinpobopianos já habitavam aqueles receptáculos e estavam apenas adormecidos. Minha impressão era a de estar recuperando sentidos que eu já possuía, mais do que adquirindo novos.

Curiosamente, nós nos desenvolvíamos muito rápido com o treinamento. A Visão Extraterrestre nos permitia ver as coisas de um ângulo mais racional do que só com a visão terráquea. Toda vez que um de nós descobria alguma coisa com sua Visão Extraterrestre, os outros dois elogiavam. Avaliávamos tudo não com base no conhecimento ou na cultura, mas sim na *razão*.

Eu me sentia evoluindo de uma maneira que nunca tinha acontecido antes. Perguntei a mim mesma por que as pessoas da Fábrica não faziam aquele treinamento.

Nosso principal critério para avaliar se algo era racional ou não era a sobrevivência. A necessidade de obter a comida de cada dia era o fator mais importante.

O primeiro a sair sozinho durante a *hora clara* e roubar hortaliças das plantações de uma casa vizinha foi Yuu.

— Eu fiquei um pouco em dúvida, mas concluí que seria mais racional roubar do que usar o pouco de dinheiro que nos resta — disse Yuu.

Nós concordamos com entusiasmo.

— Só que, se alguém percebesse, aí não seria mais racional, porque acabaríamos sendo presos.

— Verdade. Temos de tomar cuidado para ninguém descobrir.

Decidimos não usar dinheiro para nada exceto as contas de luz e de aquecimento. Também nos esforçamos para manter esses gastos o mais baixos possível. No caso da eletricidade, julgamos que o *kotatsu* e o aquecedor elétrico eram necessários para sobreviver, mas deixamos de usar as outras coisas. Foi fácil. Bastava deixar as luzes dos cômodos desligadas e, depois que anoitecia, viver no escuro. Usávamos bastante gás para cozinhar, mas, às vezes, quando não tinha ninguém vendo, nos aventurávamos a fazer fogueiras no quintal.

Providenciar alimentos sem gastar dinheiro era mais difícil. Capturar animais para comer era muito mais cansativo do que imaginávamos e não nos pareceu muito racional. E, de acordo com o conhecimento terráqueo, animais relativamente fáceis de pegar, como ratos, eram problemáticos do ponto de vista da higiene. Mas descobrimos que, uma vez cozidos, geralmente dava para comê-los.

No caso das plantas, havia mais perigos, era preciso muito cuidado na hora de coletá-las.

Nós progredíamos muito rápido. Unindo nossa visão racional com o conhecimento terráqueo que conseguíamos nos livros do sótão ou usando o celular do outro lado da ponte vermelha, o mundo ficava completamente diferente.

— Por que será que os terráqueos não tentam evoluir, como nós? — perguntei.

— Eles não conseguem se desfazer do conhecimento que já acumularam... — respondeu Yuu. — Apesar de ser só um monte de dados.

Nós obedecíamos aos nossos corpos. A fome era sempre a questão principal. Para a eliminação, usávamos as instalações criadas pelos terráqueos, pelas quais éramos muito gratos. Dormíamos a qualquer hora que tivéssemos vontade, bastava se enfiar no meio dos cobertores, que estavam sempre empilhados na sala. Era mais quentinho dormir enrolados nessa pilha do que nas cobertas estendidas sobre o tatame, como fazem os terráqueos. Além disso, quando nos juntávamos em duas ou três criaturas dormindo ao mesmo tempo, aquecíamos uns aos outros.

Dentro de casa, isto é, da toca, era comum ficarmos nus. Lá dentro, estávamos quase sempre enrolados nos cobertores ou no *kotatsu*, e era comum engatinharmos pelo chão ou cozinharmos comidas que espirravam, então decidimos que era bobagem ter de se trocar toda hora ou ficar se preocupando em lavar roupa por causa da higiene.

Apesar de sermos dois machos e uma fêmea convivendo nus, a sensação de tranquilidade era mais forte do que a de desconforto. Tomoya e Yuu também não pareciam sentir nada de diferente ao olhar para mim, uma fêmea.

No entanto, não é que nós não sentíssemos desejo sexual. A reprodução e o desejo sexual eram temas frequentes de nossos debates.

— Considerando que há machos e fêmea aqui, na teoria seria possível nos reproduzir — murmurou Yuu, enquanto tomávamos banho frio os três juntos, usando os corpos uns dos outros para nos esquentar e assim economizar a energia do aquecimento.

Meu marido concordou.

— Mas, no sentido estrito do alívio sexual, cada um consegue resolver sozinho, não há necessidade de cruzar machos e fêmea. Qual será a opção mais racional?

Nas noites em que tinha sido fácil roubar alimentos, depois de encerrar as atividades e tirar a lama do corpo, nós sempre conversávamos assim enquanto nos preparávamos para dormir.

— A questão é se nosso objetivo é a reprodução ou apenas a satisfação sexual. Vai depender disso — disse Yuu em uma dessas conversas. Ele era sempre muito cuidadoso ao falar desse tema.

— Se a gente produzisse uma criança, daria para observar como esta nova vida de powapipinpobopiano afeta o receptáculo. Com certeza seriam dados úteis — opinei.

— Como um experimento... Talvez seja racional — concordou Yuu.

— Mas isso iria sobrecarregar a Natsuki, que é a única fêmea. E se a gente procurar uma powapipinpobopiana fêmea e convencer ela a vir para cá? — sugeriu meu marido.

Yuu sacudiu a cabeça.

— Acho melhor não. Estaríamos usando o útero dela como uma ferramenta. Isso seria igualzinho à Fábrica, onde nossos testículos e útero não eram propriedades nossas.

— É, eu concordo — disse Tomoya.

Fiquei um pouco aliviada ao ouvir essa opinião vinda de ambos.

— Então vocês dois vão só resolver as próprias necessidades sexuais e jogar fora o sêmen?

— Bom, vou pensar se tem alguma utilidade. Será que dá para usar como comida? — perguntou Yuu, inclinando a cabeça pensativo.

— Deve ter valor nutritivo, mas, no momento, não me lembro de nenhum dado sobre terráqueos usarem sêmen para cozinhar. Talvez valha a pena testar, mas, por outro lado, se a gente misturar com outros ingredientes e ficar ruim, vai tudo para o lixo... — ponderou Tomoya, encolhendo os ombros.

Os dois falavam tão tranquilamente e sem emoção que não pareciam estar discutindo uma substância sexual.

Para não ficar de fora da conversa, perguntei novamente:

— Então, não vamos nos reproduzir? Tudo bem se os powapipinpobopianos se extinguirem assim, só nós três?
Yuu alisou a pele arrepiada dos braços dentro d'água.
— Por mim, tudo bem. Como extraterrestres em um planeta estranho, conseguir sobreviver e viver até a velhice já seria uma vitória. Além do mais, a condição de alienígenas é contagiosa, então pode ser que apareçam mais powapipinpobopianos que despertaram aqui na Terra. Nós estamos demonstrando, neste exato momento, que é possível se tornar extraterrestre através do treinamento.
— É verdade! Vamos nos multiplicar não pela reprodução, mas através do treinamento. Se nós conseguirmos conduzir nossa vida rumo ao futuro desse jeito, transmitindo a powapipinpobopitite, vai ser maravilhoso! Vamos expandir cada vez mais! — exclamou meu marido, erguendo os braços no ar.
— Nosso treinamento vai despertar uma área nova e nunca utilizada do cérebro humano! Será uma evolução para os habitantes de Powapipinpobopia e certamente também produzirá dados úteis para os terráqueos.
— Mas, então, como vamos lidar com o desejo sexual que habita esses receptáculos?
Yuu e Tomoya se entreolharam ao ouvir minha pergunta e riram baixinho.
— Não tem problema. É só cada um agir naturalmente e, quando for preciso, se satisfazer sozinho. Essa é a melhor opção. A mais higiênica e não faz mal a ninguém.

Meu marido assentiu efusivamente.

— A gente pode usar o conhecimento dos terráqueos, mas talvez o melhor jeito de descobrir como fazer isso seja perguntar para nossos próprios corpos. De qualquer maneira, não é preciso se obrigar a nada, basta resolver se sentirmos desejo demais. É como eliminação. Se você não estiver com vontade de fazer xixi, não precisa ir ao banheiro.

— E o amor? — perguntei.

Yuu se espantou:

— Isso é completamente irracional. Achei que nem fosse preciso discutir o assunto.

Meu marido também me olhou intrigado, inclinando a cabeça.

— O amor é só uma droga feita pelo cérebro para os humanos se reproduzirem. Um tipo de anestesia. É uma ilusão para embelezar o horror dos comportamentos reprodutivos, diminuir o sofrimento e o asco da relação sexual. Essa anestesia pode até ser útil algum dia, se nós estivermos sofrendo de alguma dor… Mas, no momento, eu não vejo necessidade.

— Entendi — falei, saindo da banheira. — Já vou sair, porque ficar resfriada não seria racional.

— É, quando o tempo esfriar mais vamos ter de parar de tomar banho frio, se não vamos morrer!

Secamos nossos corpos dando risada e corremos, ainda nus, para a cozinha, onde estavam os alimentos coletados naquele dia. A cor do espaço sideral já tomara todo o exterior da janela. Estávamos na *hora escura*.

A *hora clara* tinha acabado de começar e um tom de nanquim diluído ainda tingia parte do céu quando o telefone da casa de Akishina começou a tocar.

Nós havíamos decidido não atender o telefone quando tocasse. Yuu disse que era o mais racional a fazer. Quanto mais parecesse que a casa estava vazia, mais fácil seria roubar, pois os vizinhos não tomariam cuidado.

Nus em meio às cobertas, esperamos o telefone parar de tocar.

Ele tocou com insistência, três tentativas seguidas e, quando finalmente parou, nós já estávamos bem despertos.

— E se a gente cortasse o fio do telefone? Aí ele não faz mais barulho, e fica parecendo ainda mais que a casa está vazia — sugeriu meu marido.

— Boa ideia.

— Vamos fazer isso.

Eu e Yuu concordamos.

Só percebi que havia muitas ligações perdidas de minha irmã quando saí para colher ervas silvestres com o celular no bolso. No instante em que cruzei a ponte vermelha e cheguei à área onde havia sinal, os alarmes de notificação começaram a soar sem parar. Peguei rapidamente o aparelho e coloquei no modo silencioso.

Olhei para a tela. Eram todas ligações e mensagens de minha irmã. As ligações daquela manhã certamente haviam sido dela, também.

"Traidora!", dizia uma das mensagens. Não entendi direito o que ela queria dizer com isso, então escutei os recados da secretária eletrônica.

"Volte logo para casa! Se você destruir o meu lar, nunca vou te perdoar!"

Todos os recados diziam mais ou menos a mesma coisa e eu não fazia a menor ideia do porquê ela estava tão brava.

Desse jeito não demoraria até ela vir para Akishina, então quando voltei para casa falei sobre isso com Yuu.

— Eu não sei dos detalhes, mas imagino que alguém tenha contado para o marido da Kise sobre a vida privada dela…

— O quê? — exclamei, pois não esperava ouvi-lo falar assim de minha irmã. — O que ela fez?

Yuu me olhou espantado.

— Você não sabe? Essa fofoca correu entre todos os parentes. Parece que Kise levava uma vida bem devassa no lugar onde trabalhava e que o marido estava investigando os antecedentes dela…

— É mesmo?

— Dizem que ele investigou até a infância dela. Os pais dele chegaram a ligar para o tio Teruyoshi!

— Por que será que não me ligaram?

— Talvez estejam investigando você também. Mas armar um circo desses só porque a pessoa leva uma vida devassa é completamente irracional. Afinal, se o objetivo é passar os genes adiante, esse comportamento deveria ser aplaudido.

Yuu, sempre muito diligente, já via o mundo completamente pelos olhos de um powapipinpobopiano e não compreendia por que meu cunhado e sua família tinham ficado tão nervosos.

— Você gostaria de se reproduzir, Yuu?

Ele inclinou a cabeça, indeciso.

— Hum... Como ser vivo, talvez fosse racional. Porque se as coisas continuarem assim os powapipinpobopianos serão extintos. Mas eu não tenho muito interesse.

— Entendi.

Meu marido provavelmente tinha a mesma opinião. Vivendo todos nus dentro de casa, era como se nós tivéssemos voltado à inocência de Adão e Eva antes de provar a maçã.

No fim da tarde, fiquei curiosa e fui sozinha até o outro lado da ponte para checar o celular. Havia mais uma mensagem.

> Foi você quem você me dedurou, não foi? Eu sei de tudo. Como você pôde fazer uma coisa dessas, sendo que eu sempre guardei seu segredo? Você vai pagar caro por destruir minha família!

Seu ódio era evidente, mas ela estava atirando contra o alvo errado, pois, até aquele dia, eu não sabia de nada. De qualquer maneira, todo aquele assunto me pareceu muito enrolado, então destruí o celular contra o chão e o lancei ao rio.

Talvez eu estivesse apaixonada. Essa ideia irracional me ocorreu numa hora em que estávamos os três deitados nus em meio aos cobertores.

Nesse dia eu não estava conseguindo pegar no sono. Cochilava por um instante e logo acordava de novo. Olhando a luz da lua pela janela, fiquei refletindo sobre as pontadas que ocupavam meu receptáculo.

Eu tinha a impressão de que os sentidos de meu corpo vinham despertando nos últimos dias. O olfato e a audição, principalmente, estavam ficando mais aguçados. Conforme eu passava o tempo assim, nua com os outros dois powapipinpobopianos, minhas células, que sempre estiveram tensas, tinham começado a relaxar.

Eu achava que o desejo sexual estava quebrado em mim e que eu nunca mais sentiria algo assim. No entanto, agora que meu corpo havia alcançado pela primeira vez um estado de relaxamento extremo, percebi que algo sexual habitava aquele receptáculo.

Esse fenômeno só acontecia quando estávamos os três juntos. Antes do professor Igasaki, havia momentos em que, envolta por bichos de pelúcia ou cobertores, eu percebia uma sensação doce e sexual se movendo em meu interior. Talvez o que eu sentia agora fosse parecido. Os corpos de Yuu e de meu marido me transmitiam uma tranquilidade que eu nunca sentira antes.

Mas isso era tão irracional! Eu precisava treinar mais.

Apesar disso, a sensação de que eu havia finalmente recuperado a posse de meu próprio corpo me alegrava. Resolvi deixar isso guardado, pois poderia funcionar como anestesia e ser útil caso me acontecesse alguma coisa dolorosa no futuro.

Torcendo para que esse dia não chegasse tão cedo, adormeci imaginando nós três unindo os lábios em um beijo. Uma sensação agradável me fazia cócegas atrás dos ossos dos joelhos.

— Parece que a estrada está bloqueada mais adiante, nas montanhas — informou-nos Yuu, logo cedo.

— Ah, é? Nevou bastante ontem, né? — respondi, despreocupada.

— Não, por aqui esse tanto de neve é comum, não faz nada. Deve ter sido um deslizamento... Ultimamente tem tido muitos.

Meu marido ficou entusiasmadíssimo quando viu pela primeira vez a neve cair em Akishina. Eu só havia visitado a casa de minha avó durante o verão, então também achei diferente e bonito ver a paisagem coberta de neve, ainda que fosse pouca.

Segundo Yuu, naquela região a neve não era aquilo que estávamos vendo e podia colocar nossas vidas em risco, então era melhor torcermos para que não nevasse muito. Meu marido, que, nascido e criado em Tóquio, nunca vira a neve no interior, passou muito tempo olhando para o jardim e exclamando coisas como "que lindo!" ou "será que a neve também pode ser considerada comida?".

— Pelo jeito não tem muitos terráqueos aqui na vila, né?

Nós havíamos saído para pegar comida. Eu fui caçar insetos perto do rio, meu marido e Yuu colheram plantas. Quando voltamos, comentei isso com Yuu, que assentiu com a cabeça.

— É que a neve de ontem estava misturada com chuva, e, quando é assim, o risco de deslizamentos aumenta. Os terráqueos devem ter ido para a cidade, sabendo que a estrada poderia ficar bloqueada.

— Entendi. Bom, assim fica fácil roubar comida...

— Sorte nossa! — exclamou meu marido, animado.

Eu e Yuu nos entreolhamos e rimos.

Nesse dia nós roubamos bastante comida e fizemos um banquete. De fato, não parecia haver mais muitos terráqueos na vila. Em uma ou outra casa, onde moravam idosos sozinhos, ainda se viam luzes fracas, mas todas as famílias em que alguém sabia dirigir haviam descido a montanha. Como ninguém trancava as portas, pudemos entrar tranquilamente nas casas e roubar não só arroz e hortaliças, mas também muitas frutas, como maçãs e mexericas.

— Parece a *Última ceia*! — falei.

— A última ceia de Cristo foi muito frugal, só pão e vinho — disse Yuu, encolhendo os ombros.

— Não, é só que esta noite me lembrou aquela imagem, por algum motivo…

— A gente vai acabar sendo executado pelos terráqueos, depois de roubar tanta coisa assim… — disse meu marido, enquanto se empanturrava alegremente de frutas, coisa que não comíamos havia muito tempo.

— Se todos os terráqueos forem embora, esta vila estará sob domínio de Powapipinpobopia!

— Isso! Aí vamos viver com nossa cultura e nossos costumes novos! Sempre tomando cuidado para não virar uma Fábrica.

Bebemos saquê roubado e ficamos falando bobagens.

Eu ainda não sentia o gosto de nada, mas nesse dia comi bastante. Não me cansava de beber o saquê aquecido por Yuu, quentinho e reconfortante.

Fazia muito tempo que eu não bebia. Fiquei bêbada e cantei canções sem sentido, que meu marido acompanhava com palmas, enquanto Yuu assistia, dando risada.

Foi uma noite perfeita. Adormeci sonhando que, ao acordar, a vila estaria tomada por powapipinpobopianos. Em meu sonho, minha irmã e meus pais, meu sogro e minha sogra, todos haviam se tornado extraterrestres. A respiração e os movimentos de Yuu e de meu marido alcançavam a fronteira entre o sonho e a realidade e, enquanto ria no sonho, eu sentia o calor de seus corpos.

Acordei com um impacto vigoroso na cabeça.

Entreabri os olhos, atordoada pela dor e pelo sono, e vi um tênue facho de luz voltado para o alto, formando um círculo no teto.

Por reflexo, rolei sobre o chão para fugir do facho quase invisível.

Um baque surdo acertou o local onde eu estivera deitada, fazendo tremer o chão.

— É gente? — gritei.

Forçando a vista, consegui ver o contorno de uma criatura grande, brandindo alguma coisa. Quando gritei, o vulto encolheu o corpo, assustado.

Levantei-me e corri até a estante que meu avô costumava usar. Meus olhos estavam se acostumando com a escuridão e meu corpo se movia mais rápido do que minha cabeça. Em minha mente, soava apenas um alarme: era preciso derrotar o intruso e sobreviver.

Eu não vi sinal de meu marido nem de Yuu. Talvez eles já estivessem mortos.

A sombra escura não parecia conhecer a disposição dos cômodos e trombava com as paredes ao se mover. Pelo som de sua respiração, tive certeza de que se tratava de um terráqueo.

Se era um terráqueo e não um urso, minhas chances de vitória eram maiores. Agarrei na prateleira um velho troféu de caligrafia de meu avô e o ergui no ar. Os instintos moviam meu corpo antes mesmo que meu cérebro desse ordens. Mirei onde supus que estivesse o rosto e descarreguei com toda a força o troféu pesado.

Deu certo. Sob o troféu, senti alguma coisa não apenas se partir, mas se despedaçar, e um líquido viscoso envolveu meus dedos.

"É aqui", pensei, e imediatamente ergui o troféu de novo e bati no mesmo lugar mais duas ou três vezes.

— Aaaai! Uuuughhhh!

Eu sabia que era um terráqueo, mas, até ouvir os gritos, não imaginava que fosse uma fêmea. Subi sobre a massa enfraquecida e encolhida no chão e continuei golpeando-a até ter certeza de que a vitória era minha.

— Não! Pare!

Eu não sabia o quanto precisaria bater para garantir por completo minha sobrevivência, mas avaliei que, se ela continuava falando, ainda era possível que me atacasse, então segui batendo com o troféu na região onde eu imaginava ser o rosto.

Continuei o ataque até o corpo da pessoa ficar completamente inerte. Depois, por via das dúvidas, tateei em busca do fio elétrico do *kotatsu* e o enrolei com força no pescoço dela. Ainda insegura, peguei também o fio da chaleira elétrica e o usei para amarrar os pulsos. Só então, apertando o troféu entre os dedos, acendi a luz.

No chão, no meio de uma poça de sangue muito maior do que eu esperava, estava caída uma mulher pequena. Se no escuro eu chegara a pensar que fosse um urso, na luz clara vi uma mulher frágil, já de certa idade.

Ao seu lado, estava caído o taco de golfe com o qual ela havia me acertado. Agarrei-o imediatamente e, de posse de mais uma arma, fiquei um pouco mais tranquila.

Será que meu marido e Yuu estavam bem? Aproximei-me da pilha de cobertores, tomando cuidado para não fazer barulho, pois poderia haver outros inimigos.

Meu marido estava desacordado, caído no chão perto dos cobertores. Corri para perto dele e o sacudi, aflita. Ele entreabriu os olhos com um gemido.

— Você está bem, Tomoya? — perguntei, aliviada.

Ele me olhou pela fresta dos olhos.

— Natsuki? Não sei o que aconteceu. Eu estava dormindo, meio bêbado, e de repente senti uma pancada na cabeça...

— Terráqueos invadiram a casa e tentaram matar a gente! Eu peguei uma, mas pode ser que tenha outros! Cadê o Yuu?

— Não sei.

Reviramos os cobertores, mas Yuu não estava lá.

— Espero que ele tenha conseguido fugir...

Fui até a cozinha e peguei uma faca para qualquer eventualidade.

Nesse momento, ouvimos um barulho alto vindo de fora da casa. Corri até lá, com a faca na mão direita e o taco de golfe na esquerda. No meio da *hora escura*, quando tudo deveria estar envolto pela escuridão, deparei com uma massa de luz.

Olhando melhor, vi que era um carro com os faróis acesos, dentro do qual Yuu e um homem grande estavam lutando.

— Yuu! — gritamos.

O homem se voltou em nossa direção.

— Você! Foi você quem matou Takaki!... — Ele veio para cima de mim, o rosto desfigurado pela raiva, mas Yuu o derrubou com um chute nas costas.

Meu marido se atirou sobre o homem antes que ele se recuperasse e eu lhe entreguei o taco que tinha na mão esquerda.

— Obrigado. — Tomoya pegou o taco com movimentos desajeitados, talvez ainda estivesse com sono, e o descarregou sobre o homem.

Quando o terráqueo parecia ter perdido a força, eu me aproximei e o apunhalei no olho. Depois que ele parou de se mover, continuei dando facadas em locais onde achei que sairia bastante sangue, como o pescoço e o coração.

— Eles vieram de carro no meio da noite para matar a gente — disse Tomoya.

O homem já estava imóvel e inerte, e não se ouvia mais seus gemidos nem sua respiração, mas eu não sabia quando poderia parar de cortá-lo, então continuava, como se estivesse preparando algo na cozinha. Tomoya, ao meu lado, seguia batendo nele com o taco.

— Podem parar, vocês dois. Ele já deve estar morto. Se continuarem desse jeito, vai virar carne moída.

Ao ouvir a voz calma de Yuu, finalmente cessamos o ataque ao inimigo.

— O que aconteceu?

— Eu estava dormindo quando de repente alguém cobriu minha boca e me arrastou para o carro. Eles deviam estar procurando alguém.

— Acho que era eu — falei.

Yuu e Tomoya ergueram o rosto e me olharam.

— Takaki era o primeiro nome do professor Igasaki.

— Professor?

— É um homem que eu matei. Eu matei uma pessoa, quando era criança. Estes dois são os pais dele.

Bem que eu tinha achado que conhecia aquela senhora. Aqueles eram os pais do professor, que distribuíam panfletos em frente à estação.

Como eles descobriram que fui eu quem matou o professor? Eu não fazia a menor ideia, mas assim entendi por que vieram com tanta fúria para cima de mim. É que eu tinha matado alguém de sua *família*.

Matar um ser humano não é uma atitude racional. Basta matar um e, mesmo depois de décadas, pode acontecer de a *família* dele vir se vingar.

Meu marido e Tomoya estavam me encarando. O corpo do homem estremeceu por um instante. Imediatamente, enterrei a faca nele.

Continuei golpeando-o, com a sensação de que, por mais que eu o apunhalasse, ele iria voltar à vida. Dessa vez, nem Yuu nem meu marido tentaram me conter. Ficaram apenas observando, enquanto o sangue espirrava.

Nós tínhamos esquecido as horas, não sabíamos dizer em que momento da *hora escura* estávamos nem adivinhar se a *hora clara* estava próxima ou não.

Yuu declarou que ia ver como estavam as coisas na vila, vestiu uma roupa e ligou seu carro.

Eu e meu marido enrolamos os dois terráqueos em fita adesiva e, sem ter certeza se estavam vivos ou mortos, os largamos deitados no hall de entrada.

Yuu voltou depois de cerca de uma hora.

— Agora a coisa ficou feia. Teve mais um deslizamento, perto da ponte. Acho que no resto do vilarejo ainda tem uns terráqueos, mas da ponte para cá esta é a única casa habitada. Sobramos só nós.

— Você acha que estes terráqueos causaram o deslizamento de propósito?

Yuu sacudiu a cabeça.

— Não sei. O primeiro deslizamento, pelo menos, sei que foi natural. Naquele pedaço da estrada isso sempre acontece. Eles dois devem ter aproveitado que havia poucos terráqueos na montanha para vir nos matar. O deslizamento aqui perto eu não sei dizer se foi uma coincidência ou se foram eles que causaram, para nos prender aqui. Mas eles precisariam usar um explosivo ou coisa assim, o que não é fácil de conseguir.

Nos pertences dos terráqueos, encontramos várias evidências e informações. Uma gravação da conversa que tive com minha irmã na sala de karaokê, uma velha foice meio queimada, uma meia suja de sangue, coisas assim. Aparentemente, fora minha irmã quem entregara essas coisas para a família do professor. Então, Kise sabia de tudo. As provas que eu joguei no incinerador desapareceram porque ela as pegou e depois as guardou por todo esse tempo.

Eu não sabia por que ela tinha resolvido usar tudo isso e "se vingar" de mim agora. Quem sabe, agora que seu lar tinha sido destruído, emocionalmente a solução mais racional era direcionar seu ódio a alguém.

— Desculpem. A culpa é minha. Fui eu que matei o filho desses terráqueos e eles devem ter vindo atrás de mim.

Eu me sentia sendo arrastada de volta para o mundo dos terráqueos, como quem acorda de um sonho. Meu marido franziu a testa:

— Imagina, esses terráqueos é que são estranhos. De que adianta vir te matar só porque você matou o filho deles? Se quisessem te obrigar a deixar descendentes, ainda seria compreensível, já que a Fábrica é uma organização que visa à reprodução dos terráqueos. Mas você também deve contar como terráquea, então qual o sentido de tentar te matar e diminuir ainda mais a população da própria espécie? É completamente irracional.

Yuu fitou meu rosto:

— Por que você o matou?

— ... se eu não fizesse isso, ia passar por coisas que seriam tão ruins quanto morrer.

— Entendi. — Yuu deu um pequeno sorriso. — "Sobreviver, haja o que houver."

— O que é isso? — perguntou meu marido, curioso.

— Era nosso lema quando a gente era criança — disse Yuu.

— Excelente. O lema mais puro que pode haver. O mais correto. — Meu marido assentiu efusivamente com a cabeça. — Bem, e agora, como nós vamos sobreviver? A estrada está fechada e ficamos presos aqui, sozinhos. É provável que as pessoas da vila pensem que esta casa também estava vazia, já que vivíamos com as luzes sempre apagadas. Mas nós temos de *sobreviver, haja o que houver*.

Eu e Yuu também concordamos com a cabeça.

Estava começando a nevar. Uma infinidade de fragmentos irregulares, feito gelo picado, caía do céu e pintava de branco o chão aos nossos pés.

Deixamos os dois cadáveres dos terráqueos lado a lado no hall de entrada e nos sentamos na sala de estar.

— O jeito é esperar — disse Yuu.

Eu e meu marido assentimos com a cabeça.

— A gente não devia ter cortado o fio do telefone.

— Não, naquele momento era a coisa mais racional a se fazer. Ainda temos água e um pouco da comida que roubamos. Imagino que os terráqueos da Fábrica vão vir atrás da gente, então devem descobrir o deslizamento relativamente cedo...

— A gente sempre pensou em como expulsar quem viesse nos perseguir, quem diria que agora iríamos esperar por eles...

Meu marido suspirou.

— Yuu e Natsuki, quero que vocês sobrevivam. Mas eu, se for para ser arrastado de volta para a Fábrica, prefiro continuar aqui. Ser levado para lá seria o mesmo que morrer.

— Não fale assim, Tomoya. Os terráqueos têm o hábito de ajudar os outros de sua espécie. Nós podemos nos aproveitar disso para escapar daqui e aí, depois, fugimos para algum outro lugar.

Afaguei as costas de meu marido.

Depois que a *hora clara* e a *hora escura* haviam se repetido umas três vezes, percebemos que estávamos subestimando a gravidade da situação.

A comida que havíamos roubado estava chegando ao fim. No trecho da estrada entre os dois deslizamentos só havia mais duas casas, e nós já tínhamos comido tudo o que havia nelas.

— Que tal congelar a carne dos terráqueos enquanto ela está fresca? — propôs Yuu, de repente.

— Terráqueos são comestíveis?

— Bem, são animais. E relativamente higiênicos, então imagino que não tenha muito risco de doenças.

Acho que pode ser uma boa ideia congelar a carne como alimento de emergência, antes que ela estrague e a gente não tenha mais opção.

— Tem razão.

Eu concordei, mas uma parte de mim pensava que, se fizéssemos isso, nunca mais poderíamos fazer parte do grupo dos terráqueos.

— Enquanto eu morava aqui, cheguei a matar galinhas que ganhei dos vizinhos. Nunca lidei com animais de grande porte, mas imagino que seja preciso drenar o sangue. Já que estou meio entediado, sem nada para fazer, acho que vou fazer isso, tá?

Yuu sugeriu isso com a tranquilidade de um verdadeiro powapipinpobopiano. Ele era muito influenciado pelo ambiente. Antes era ele quem melhor fingia ser terráqueo e agora era quem estava se saindo melhor no treinamento como powapipinpobopiano.

— Eu ajudo você, Yuu! Deve precisar de bastante força — disse meu marido, e se levantou também.

— Obrigado — agradeceu Yuu. — Vamos começar pelo menor?

Os dois foram pegar um dos terráqueos largados perto da porta.

Eu fiquei encolhida na sala, imóvel. Pelo jeito, ainda restava um pouco de humano dentro de mim.

Quando tomei coragem e abri a porta da cozinha, já havia chegado a *hora clara*, e os dois estavam começando a preparar o terráqueo maior.

— Vou ajudar vocês.

Yuu se voltou para me olhar.

— Natsuki, não se sinta obrigada. É um trabalho bem braçal...

— Realmente, requer bastante força. Talvez seja porque a gente não está fazendo do jeito certo...

— Tudo bem, eu quero ajudar — respondi, mostrando um facão que encontrara no sótão. — Acho que isto pode funcionar melhor do que as facas de cozinha.

— Obrigado — disse Yuu, sorrindo. — Para falar a verdade, o primeiro não deu muito certo, nós fomos só arrancando a carne dos ossos e ficou uma bagunça, parecendo carne moída.

— Posso tentar?

— Fique à vontade. Agora estamos usando como referência um método de destrinchar porco, mas não sei se vai dar certo, já que o formato do corpo é completamente diferente.

— Por onde eu começo?

— Primeiro tem de tirar a cabeça e drenar o máximo de sangue possível.

Tentei fincar o facão no pescoço do homem.

— É muito duro, não é? Nós usamos este serrote — disse meu marido.

Troquei de ferramenta e serrei o pescoço, com força.

A parte do osso era bem dura, mas consegui cortar, com a ajuda de Yuu e de meu marido. A cabeça caiu no chão com um baque.

— OK! Agora vamos erguer o corpo para drenar o sangue.

Unimos forças para inclinar o terráqueo de ponta--cabeça sobre a pia.

Yuu agia com gestos habituais, talvez por aquele já ser o segundo animal com que lidava. Ele alargou o corte para o sangue escorrer melhor.

— Parece gostoso — murmurei sem pensar. A carne vermelha exposta no pescoço fez meu estômago roncar.

— Parece, né? E já não tem mais comida... O que acham de comer isto esta noite?

— Vamos!

Depois de cortado, o terráqueo não passava de um grande pedaço de carne. Seguindo as instruções de Yuu, abrimos o ventre, tiramos as vísceras e lavamos a carne. O cheiro, mais intenso do que eu imaginava, me fez torcer a cara.

Lavamos tudo da melhor maneira possível, depois fomos separando a carne em peças e tirando os ossos maiores.

Yuu e meu marido já preparavam os utensílios para começar a cozinhar assim que a carne estivesse pronta.

— A gente ainda tem alguns temperos... Que tal fazer um cozido com pasta de missô? Essa carne tem um cheiro forte, deve ficar melhor com um tempero mais carregado.

— E tem um restinho de folhas de nabo. Também pode ficar bom se a gente fizer um refogado com elas.

— Verdade. A geladeira ficou lotada com a mulher, então o mais racional a fazer é comer todas as coisas que não vão mais caber lá. Podemos testar várias receitas diferentes!

— Hoje a janta vai ser boa! — exclamou meu marido, alegre.

Preparamos três receitas de homem: sopa de missô com pedaços de homem, refogado de homem com folhas de nabo, e cozido de homem agridoce com molho de soja.

— Puxa, fazia tempo que eu não via uma mesa tão farta! — entusiasmou-se Tomoya.

Yuu também parecia feliz. Eu estava muito faminta, mal podia esperar para atacar todos os pratos de homem. Era a primeira vez que eu sentia um apetite tão violento desde que minha boca fora estragada.

— Bom apetite!

Tomei um gole da sopa de missô com homem e levei um susto.

— Eu senti o gosto!

— O que é que tem? Claro que sentiu o gosto, é comida. — Yuu riu, achando meu comentário curioso.

Mas eu estava quase pulando de emoção por finalmente sentir algum sabor. Minha boca, que eu supunha que ficaria quebrada pelo resto da vida, havia voltado a ser minha. O caldo da carne se espalhou ao redor da minha língua, e aquela mistura de cheiro forte com sabor agradável preencheu, pouco a pouco, todo o meu corpo.

Fui devorando tudo, extasiada. Sentia-me como se estivesse comendo pela primeira vez em vinte e três anos.

O terráqueo estava delicioso. Talvez parecesse ainda mais saboroso por eu estar com tanta fome, e também por gostar tanto das duas criaturas com quem partilhava a refeição.

— Pena que não tem mais nenhum saquê... — disse meu marido.

Nós concordamos. Brindamos com a água que brotava da montanha e continuamos a comer o homem.

Pela primeira vez em muito tempo, senti-me saciada. A *hora escura* se estendia eternamente e, no exterior da casa, eu sentia a presença reconfortante das criaturas das montanhas, que nos cercavam.

De barriga cheia, levamos os cobertores até o *kotatsu*, nos enrolamos neles e cochilamos. Como aquele era um dia especial, Yuu pegou uma vela do altar e a acendeu. Reunidos ao redor de uma chama acesa na *hora escura*, pela primeira vez em muito tempo, era como se estivéssemos fazendo algum tipo de ritual.

Nossos rostos flutuavam no meio da escuridão, três animais embrulhados em cobertores muito brancos. Os cobertores pareciam um tipo de casulo. Pensei, com a

mente nublada pelo sono, que o quarto dos bichos-da-
-seda devia ser parecido com isso.

Segundo meu tio, quando começava a criação no andar de cima, os bichos-da-seda ocupavam no máximo o espaço de dois tatames. Mas depois, comendo as folhas de amoreira, iam crescendo mais e mais, aumentavam cem vezes de tamanho e enchiam a casa toda. Os terráqueos tiravam os tatames e deixavam só o piso de madeira, e então as salas de estar e de visitas também passavam a ser dos bichos-da-seda, e todo mundo tinha de dormir espremido nos cantos. Nesse estágio, o som farfalhante dos insetos comendo as folhas se ouvia por toda a casa, dissera ele.

O que será que os terráqueos sonhavam, enquanto dormiam cercados por milhares de casulos? À beira do sono, fiquei imaginando os cômodos tomados por insetos revoltos.

— Queria pedir uma coisa — disse Yuu de repente, num tom decidido.

Eu e meu marido já estávamos quase deitados, embrulhados nos cobertores, nossa respiração no limiar entre o suspiro e o ressonar.

— Diga.

— Se as coisas continuarem assim e não chegar nenhum terráqueo, quero que vocês me comam.

O sono desapareceu e nós nos sentamos, espantados. Meu marido entornou o prato de homem refogado que tinha nas mãos.

— É muito melhor do que morrermos os três. E agora já sabemos como preparar a carne. É mais racional vocês dois me comerem para sobreviver do que nós três sermos extintos.

— Mas, se é assim, também poderia ser eu, ou Tomoya.

— Sim, mas eu quero decidir sozinho o que fazer com meu próprio corpo. Eu nunca soube lidar com a liberdade, mas agora, pela primeira vez, senti que, se eu sou livre, isso é o que quero fazer.

Meu marido se inclinou para a frente e agarrou, desesperado, um canto do cobertor de Yuu.

— Tem de ter um jeito mais racional, Yuu! E se a gente cortar só um pedaço de cada um, tipo um braço ou uma perna, para comer? Aí todos continuam vivos.

Yuu balançou a cabeça.

— Esses receptáculos não aguentariam isso. A gente morreria em pouco tempo. Se alguém aqui fosse cirurgião, ainda poderia dar certo, mas não temos nem técnica, nem ferramentas para isso. É mais garantido comer um de cada vez.

Eu pensei um pouco e falei:

— Então, depois de Yuu, Tomoya pode me comer. De nós três, acho que Tomoya é a melhor opção para continuar vivo. Ele é o maior e mais forte, deve ser quem aguenta mais tempo sem comida.

— Mas vocês falam cada coisa! — gritou Tomoya, negando violentamente com a cabeça. — Nós não fizemos o juramento? Não juramos, na saúde e na doença, na alegria e na tristeza, na fartura e na pobreza, não nos amar, nem respeitar, nem consolar, nem ajudar, e viver somente para nós mesmos, enquanto tivéssemos vida?

Eu e Yuu nos entreolhamos. Yuu compreendeu que meu marido não cederia. Recolhendo de volta ao prato, com delicadeza, o refogado de terráqueo que havia entornado no chão, ele disse:

— Você tem razão, nós juramos. Então, que tal fazer assim: a gente experimenta só um pedacinho de cada um e aí decidimos comer primeiro o espécime que for mais saboroso. Afinal, se começarmos por alguém que tem gosto muito ruim, talvez nem desse para comer inteiro. E, para testar o sabor, não precisamos arrancar um dedo nem nada assim, pode ser só uma mordida.

— Legal! Assim fica justo. Acho que é bem racional — concordei.

Tomoya também pareceu satisfeito com a proposta:

— Tá bom. Assim é melhor. Se eu for o mais gostoso, comam sem deixar sobrar nada, hein?

Primeiro, eu e Tomoya demos uma mordida em Yuu. Eu mordi seu ombro e meu marido, seu braço, e analisamos seu sabor com a língua. Era levemente salgado.

Meu marido também achou. Deu várias mordidas, depois exclamou:

— Yuu, você já é um pouco salgado, nem deve precisar temperar! Se decidirmos começar por você, prometo te tratar como um alimento muito precioso.

— A próxima sou eu — falei.

Meu marido me mordeu, um pouco temeroso.

— Nossa, é amargo! O sabor é muito diferente, apesar de os dois serem de Powapipinpobopia.

Yuu mordeu o próprio braço e lambeu meu joelho, intrigado.

— Tem um gosto meio metálico... Talvez o sabor do sangue penetre pela pele.

Yuu afastou os lábios de meu joelho e mordeu o dedo indicador de Tomoya.

— E eu, que gosto tenho? — perguntou ele.

— Acho que é um pouco adocicado.

— Sério?

Continuamos nos mordendo e comparando os sabores, entusiasmados.

— Estou ficando com fome, apesar de ter comido terráqueo agora mesmo... — suspirou meu marido.

— Não dá para saber quem tem gosto melhor!

— Desse jeito, vamos acabar nos comendo inteiros.

Mordemos panturrilhas, costas, calcanhares, queixos.

Eu estava absurdamente faminta e tanto Yuu quanto meu marido me pareciam deliciosos. Aos poucos, a superfície já não era suficiente, começamos a levar dentes e línguas para as entranhas uns dos outros.

Enquanto levava uma mordida na pálpebra, meu marido murmurou:

— Desde que eu vim para cá, às vezes eu fico pensando... E se, na verdade, não existir nenhum terráqueo? Será que não somos todos de Powapipinpobopia? Vai ver, somos todos powapipinpobopianos e a lavagem cerebral terráquea funcionou para todo mundo, menos para a gente. Será que esse negócio de terráqueos não é só uma ilusão criada pelos powapipinpobopianos para conseguir viver num planeta desconhecido?

Yuu concordou em voz baixa, mordiscando o cotovelo de meu marido:

— Pode ser... Por isso que não vem ninguém nos socorrer. Quem sabe todo mundo despertou do sonho e, usando a Visão Extraterrestre, percebeu que não seria racional nos ajudar.

Eu não participei da conversa, estava muito empenhada em comer os dois. Fiquei pensando como seria delicioso se eu pudesse comê-los com arroz branco. A língua que eu tinha acabado de reconquistar saboreava o doce, o amargo, o adstringente, o salgado.

— Ah, meu ouvido! — exclamei de repente.

— O que foi? O ouvido é gostoso?

Não respondi, só finquei os dentes numa coxa que vi diante de mim.

Em meu ouvido direito, estragado fazia muito tempo, havia soado de repente uma explosão de vento. O zumbido desapareceu por completo e, subitamente, os sons do mundo o inundaram.

A primeira coisa a entrar em meu ouvido recém-liberto foi o som de nossa refeição. Ele alcançou meu tímpano, fazendo-o vibrar, e avançou cada vez mais para dentro de mim.

— *Sobreviver, haja o que houver* — sussurrei, baixinho. Minha voz também penetrou meu ouvido direito e, devagar, fez tremer meu tímpano.

Naquele dia, meu corpo inteiro passou a ser meu.

Do lado de fora da janela, estava começando a nevar. Os flocos brancos caíam pelo ar, vindos do espaço, e brilhavam refletindo a luz da vela que emanava de dentro da casa.

Pensei no pó de escamas que os bichos-da-seda soltavam. Imaginei uma multidão de mariposas alçando voo dentro daquela casa, espalhando seu pó ao redor.

A neve caía do céu negro e ia tingindo o chão de um branco alvíssimo. Ela encobria a presença de qualquer criatura do lado de fora. Só dentro daquela casa, à luz tremulante da vela, ouviam-se os sons incessantes de nossa refeição.

Foi numa *hora clara*, algum tempo depois disso.

O cheiro de terráqueos alcançou meu nariz enquanto eu cochilava; entreabri os olhos.

Ainda com a cabeça enterrada no travesseiro quentinho tecido com cabelos de terráqueo, corri os olhos sonolentos sobre o chão e vi um osso de dedo caído no tatame. Eu estava com ele na boca, aproveitando o restinho do gosto de carne, e, quando adormeci, ele rolou pelo chão.

Estiquei a mão até o osso coberto de saliva e o coloquei de volta na boca. Chupei devagar para degustar o leve sabor que ainda restava.

As portas e as janelas deveriam estar todas bem fechadas, para nos proteger do frio da neve, mas um vento me alcançou de algum lugar e agitou meu cabelo. Trouxe consigo o cheiro característico de terráqueos, uma mistura de perfume doce com fedor de besta, como um javali mergulhado no leite.

— Powapipinpobopia?

Ergui o corpo devagar e voltei o rosto na direção de onde vinha o odor intruso. Através da porta de papel *shoji*, vi o reflexo branco-azulado da neve.

Peguei Piyut, que estava caído próximo a meu pé, e o abracei. Piyut tinha sido cerzido com cabelos de terráqueo e estava muito diferente de antes, com uma mistura de fios pretos, cinzas e brancos. Ele se aconchegou em meu colo.

Enquanto o apertava contra o peito, eu senti, pela vibração sob as solas dos pés, o piso ranger.

Inclinei o corpo e alcancei uma panturrilha estendida no chão. Sacudi-a com força, sussurrando:

— Tomoya.

Meu marido, magro e ossudo, respondeu a meu chacoalhão. Protegeu imediatamente com os dois braços sua barriga enorme e entreabriu os olhos, confuso.

Pelo jeito, ele estava comendo uma sopa de braço quando pegou no sono durante a *hora escura*. Coloquei a tigela sobre o rack da televisão com cuidado, para não desperdiçar nada do precioso alimento, e então chamei a outra criatura, que dormia do outro lado de meu marido.

— Yuu.

A barriga de Yuu estava ainda maior do que a de Tomoya. Sob sua pele fina e esticadíssima se destacavam o ventre distendido e o desenho dos ossos.

— Powapipinpobopia.

Ele me ouviu chamar e respondeu na nossa língua, esfregando os olhos.

Nesse momento, o chão rangeu mais alto e de súbito o cheiro de terráqueo se intensificou, junto com o som de passos e a vibração do piso.

Yuu e meu marido também se ergueram e nós três nos aproximamos. Agachados, eles protegiam as enormes barrigas com os braços e eu apertava Piyut contra o peito.

— Aaaaaaaaaaaaaaagh!!

No primeiro momento não identifiquei o som, mas era o berro de um terráqueo.

Quem apareceu do outro lado da porta *shoji* foi minha irmã. Ao nos ver, ela soltou outro guincho ainda mais alto:

— Aaaaaaaaaaaaaaaaaaaaaaaaaaaaaaaaagh!!

Minha mãe também estava lá, atrás dela. Os gritos agudos das duas criaturas ecoaram pela casa.

Ouvi os passos de outros terráqueos, que se aproximaram correndo ao escutar os berros.

Vi vários deles atrás de minha mãe, com os corpos envoltos em roupas cor de laranja. Pelas roupas, supus que fossem do tipo de terráqueo que faz o trabalho chamado de resgate.

— Terráqueos — murmurei.

Os da equipe de resgate lançaram um olhar para nós três, agachados juntos, e cobriram as bocas com grunhidos de ânsia.

— Vocês... são humanos...? — falou com esforço um terráqueo macho, os olhos cravados em nós.

Nós nos entreolhamos.

— Powapipinpobopia?

— Powapipinpobopia.

Acariciando sua barriga com uma mão protetora, Yuu respondeu falando fluentemente a língua terráquea.

— Nós somos de Powapipinpobopia. Vocês não são, também?

Algum líquido escorreu do nariz e da boca do homem. Não sei se ele ficou tão surpreso que chegou a babar, ou se era o conteúdo de seu estômago que estava voltando.

— E essas barrigas? — perguntou com voz rouca outro terráqueo macho, ao lado do primeiro.

— Nós três estamos prenhes — respondeu meu marido, segurando a barriga com as mãos, para exibi-la.

Os terráqueos empalideceram e recuaram alguns passos, trêmulos.

— Não se preocupem. Mesmo que não dê para ver agora, vocês também têm essa forma, dormente em seu interior. Logo vão se contagiar, tenho certeza. — Yuu sorriu, tentando tranquilizar os terráqueos.

— Amanhã, haverá mais de nós. E, depois de amanhã, mais ainda.

Ele explicou tudo com calma, mas os terráqueos não pareciam ouvir. Alguém mais ao fundo vomitou violentamente.

— Vamos sair? Nosso futuro está esperando — disse Yuu.

Eu e meu marido concordamos.

Nós, os três powapipinpobopianos, nos pusemos em pé entrelaçando braços e pernas. Vinda do mundo exterior, a luminosidade da *hora clara*, refletida pela neve, penetrava delicadamente a nossa nave espacial.

De mãos dadas, ombros lado a lado, nós pisamos devagar para o lado de fora, o planeta onde viviam os terráqueos. Acompanhando nossos movimentos, os berros dos terráqueos reverberaram até os confins do planeta, agitando as folhas nos bosques.

Sobre a tradutora

Rita Kohl, nnascida em 1984, é tradutora do japonês, formada em Letras pela Universidade de São Paulo (USP) e com mestrado em literatura comparada pela Universidade de Tóquio. Além de Sayaka Murata, verteu para o português obras de Yoko Ogawa, Haruki Murakami, Aoko Matsuda e Hiro Arikawa, e peças do dramaturgo Toshiki Okada.